# SAPHORINE,

ou

## L'AVENTURIÈRE

### DU FAUBOURG SAINT-ANTOINE.

I.

IMPRIMERIE DE FAIN, PLACE DE L'ODÉON.

# SAPHORINE,

OU

# L'AVENTURIÈRE

## DU FAUBOURG SAINT-ANTOINE;

### PAR M. MERVILLE.

## TOME PREMIER.

> On attache aussi-bien toute la philo-
> sophie morale à une vie populaire et
> privée, qu'à une vie de plus riche
> étoffe.  MONTAIGNE.

## A PARIS,

### CHEZ J.-N. BARBA, LIBRAIRE,

ÉDITEUR DES OEUVRES DE PIGAULT-LEBRUN,

PALAIS-ROYAL, DERRIÈRE LE THÉATRE FRANÇAIS, N°. 51.

1820.

# AVERTISSEMENT.

Qu'on n'aille pas se figurer que ce titre simple et modeste déguise ici une ambitieuse préface; non, c'est bien, en conscience, un avertissement que je présente au lecteur, un véritable avis que je crois nécessaire de lui faire agréer avant que d'entrer en matière.

On ne lit plus une préface, où communément l'auteur ne parle que de lui-même, de la difficulté qu'il y avait à faire un ouvrage comme le sien, du travail qu'il

lui a coûté, et de la reconnaissance que lui en doivent son siècle et la postérité. Heureux encore s'il vous fait la grâce d'en demeurer là! s'il n'entreprend pas
de brouiller le peu d'idées justes
que vous pouviez avoir sur le
genre auquel appartient sa composition, si, en un mot, il ne vous
apporte pas les ténèbres au lieu
de la lumière.

Quand, par excès d'imagination, un auteur s'est jeté dans
quelque écart, ou que, par faiblesse, il est tombé en faute, ne
vous attendez pas qu'il s'en ac-
cuse ou le reconnaisse dans une

préface, ni que sa candeur vous
dévoile ainsi les préceptes de l'art
auxquels il a manqué. C'est dans
un autre dessein qu'il prend la
peine d'examiner avec vous son
ouvrage. En général, son premier
soin est de bouleverser et de con-
fondre les principes de cet art
sur lequel vous espériez quelques
éclaircissemens ; au lieu des vieil-
les et bonnes règles qui lui don-
neraient tort à vos yeux, il en fa-
brique de nouvelles toutes favorables à sa mauvaise cause : et,
comme ce dialecticien de Mon-
taigne, qui prouve, en forme, que
« le jambon désaltère, » il vous

démontre, et non moins victo-
rieusement que par *Baroco* ou *Ba-*
*ralipton*, que son livre est parfait,
et que l'esprit humain ne pouvait
rien produire de plus digne d'admiration.

C'est ce qui a discrédité les pré-
faces, et qui est cause qu'on ne
les lit plus; c'est ce qui me fait attacher tant d'importance à ce
qu'on ne croie pas que cet Avertissement en soit une.

Non que je prétende, après
tout, que mon livre s'en puisse
passer; au contraire, il en a plus
besoin que beaucoup d'autres qui
n'en dédaignent point l'assistance.

Je le reconnais sans détour, et l'on verra, tout à l'heure, que ce n'est pas par un esprit de fausse modestie. Saphorine a sa préface; seulement ce n'est pas ce qu'on lit présentement. On la trouvera ailleurs. Trop persuadé qu'ici elle n'eût pas obtenu la faveur d'un regard, j'ai usé d'un peu de supercherie, et l'ai répandue par fragmens dans toute l'économie de l'ouvrage; de sorte que, chaque endroit faible ou susceptible d'attaque, sera immédiatement précédé ou suivi de sa défense. L'invention n'est pas de moi; mais on

**

conviendra qu'elle est commode;
et je m'en sers.

Après cet aveu, qui ne pouvait
trouver place dans mes *fragmens*,
et que je n'en devais pas moins au
lecteur, pour l'acquit de ma conscience, il me reste à l'avertir sur
un autre point, peut-être plus im-
portant encore.

On trouvera, dans ce livre, des
portraits de fantaisie, tracés néanmoins d'après les principes d'une
étude et d'une observation con-
stantes de la nature. Moins je me
serai écarté de ces principes, plus
les traits que j'ai produits seront
vrais; or, il est possible que quel-

ques-uns offrent même des res-
semblances, et que la malignité
s'en empare. Qu'y faire? Les peintres de mœurs qui m'ont précédé
se sont tous défendus avec beaucoup de soin et d'inquiétude, de
reproches, que j'encourrais alors
aussi - bien qu'eux. Tous ont nié
(et je le pourrais faire aussi) qu'ils
aient eu en vue aucune intention
de personnalité. Phèdre a dit, dans
le prologue du troisième livre de
ses fables :

*Suspicione si quis errabit suâ,*
*Et rapiet ad se quod erit commune omnium*
*Stultè nudabit animi conscientiam :*
*Huic excusatum me velim nihilominùs :*
*Neque enim notare singulos mens est mihi,*
*Verùm ipsam vitam et mores hominum ostendere.*

Ces vers ont servi d'épigraphe à je ne sais combien de comédies, de romans, de recueils d'apologues, etc. Lesage les a imités dans une déclaration qu'il a cru devoir mettre à la tête de son admirable Gil-Blas, et qui est conçue en ces termes :

« Comme il y a des personnes
» qui ne sauraient lire, sans faire
» des applications, des caractères
» vicieux ou ridicules qu'elles
» trouvent dans les ouvrages, je
» déclare, à ces lecteurs malins,
» qu'ils auraient tort d'appliquer
» les portraits qui sont dans le
» présent livre. J'en fais un aveu

» public; je ne me suis proposé
» que de représenter la vie des
» hommes telle qu'elle est. A Dieu
» ne plaise que j'aie eu dessein
» de désigner quelqu'un en parti-
» culier ! qu'aucun lecteur ne
» prenne donc pour lui ce qui
» peut convenir à d'autres aussi-
» bien qu'à lui, etc. »

Dans le temps où nous vivons,
moins de précautions doivent
nous être imposées; un écrivain
ne doit pas craindre aujourd'hui
de se voir juger sur une interpréta-
tion téméraire; et j'ose prendre
le contrepied de la déclaration de

Lesage, et des vers de l'affranchi d'Auguste.

Se reconnaisse qui voudra dans mon livre, et dans tous ceux que je publierai à l'avenir. Si cela m'arrive, loin que je m'en inquiète, je n'y verrai au contraire qu'un juste sujet de me féliciter. La vérité de mes observations et le succès de mes études seraient, en ce cas, appuyés d'une belle preuve. Ma réponse est toute prête, pour quiconque se prétendrait désigné dans la peinture d'un vice ou d'un ridicule. « Ne faites » pas de bruit, dirais-je, corrigez- » vous ; cela sera plus méritoire et

» plus utile à la société, que si, » pour vous complaire, je suppri- » mais mon livre. » Quant à ceux dont la juste application d'un trait vertueux pourrait blesser la modestie, on sent qu'il serait plus facile encore de se tirer d'affaire, tout se réduirait à leur conseiller de poursuivre, et de me laisser dire.

Ma seule crainte est qu'il y ait peu de réclamations de cette sorte, tant les gens de bien sont discrets, et s'exposent peu volontiers au grand jour.

# SAPHORINE.

## LIVRE PREMIER.

*Origine de l'aventurière; sa première
éducation : espace de sept ans.*

> Ce premier âge qu'on abandonne à des
> femmes indiscrètes.... est pourtant celui
> où se feront les impressions les plus pro-
> fondes, et qui, par conséquent, a un
> grand rapport à tout le reste de la vie.
>
> FÉNÉLON.

## CHAPITRE PREMIER.

M. et M^me. Dumouchel, le cousin Pieffin.

M. DUMOUCHEL était *maître perruquier*
au faubourg Saint-Antoine, et sa boutique une des plus achalandées de la
grande rue. On s'en souvient encore

1.                                          I

dans le quartier : entre M. Galipot,
cordonnier en vieux, et Jacques Mordoré, marchand de meubles d'occasion, était une petite maison peinte
en bleu et parsemée de fleurs de lis
presque jusqu'aux gouttières. Cette
maison était le domicile de M. Dumouchel ; on lisait son nom écrit en
lettres d'or sur la plinthe, et cette
inscription caractéristique dans le fond
d'un plat à barbe suspendu à un bras
de fer-blanc : *Ici l'art embellit la nature*.

Les dimanches et jours de fêtes,
M. Dumouchel était sur pied dès quatre
heures du matin ; et, tant que le jour
durait, il ne cessait d'abattre des
barbes et de carder des toupets à la
grecque. C'était la coiffure en vogue
à cette époque. J'en ai vainement
cherché le modèle dans ce que j'ai pu
consulter des monumens du siècle de

*Périclès;* je n'ai même rien trouvé d'analogue : qu'on n'en conclue rien cependant contre l'inventeur, qui avait sans doute plus de lumières que moi ; et, si quelque amateur désire savoir au juste ce que c'était que cette coiffure, il peut la voir encore sur la tête de M. le duc de ✱✱✱, qui est aujourd'hui le seul Européen qui la porte.

La prospérité de M. Dumouchel tenait à plusieurs causes. Son goût, son adresse, la légèreté de sa main, son exactitude et son honnêteté, n'étaient peut-être pas les plus efficaces. Il n'y avait en effet que du mérite bien purement personnel dans tout cela, et alors le mérite personnel tout seul ne menait pas un homme bien loin ; ce n'était pas comme aujourd'hui. Mais M. Dumouchel avait une des plus jolies femmes du quartier ; et cette circonstance ajoutée aux autres, ou les autres jointes à celles-là , faisait que tous les jeunes gens voulaient être coiffés de sa main , et qu'il n'avait pas un voisin qui n'aspirât à devenir son ami.

Ce n'est pas que madame Dumouchel fût coquette ; mais le ciel lui avait donné un naturel tendre , peu de tempérament et beaucoup d'imagination. Elle lisait tous les romans nouveaux ; et , par une propriété singulière , s'identifiait avec toutes les héroïnes de ces aimables fictions , et s'échauffait de tous leurs sentimens. Couturière de son état, elle se mettait avec une grâce et un goût parfait , et savait allier dans sa parure la recherche et la modestie. Son secret ne paraît aujourd'hui connu que d'un bien petit nombre de femmes. Elle était blonde ; ses grands yeux bleus et languissans , presque toujours mouillés

des douces larmes de la pitié; ses yeux
se fixaient avec une expression passionnée sur presque tous les hommes:
presque tous les hommes voient avec
plaisir de beaux yeux les regarder tendrement; et voilà comme, sans qu'il
en coutât rien à la vertu de madame
Dumouchel, la boutique de son mari
ne désemplissait pas.

Pourtant, avec ses nombreuses pratiques et sa jolie femme, qui n'était
pas coquette, M. Dumouchel ne se
trouvait pas entièrement heureux:
belle preuve qu'il n'est pas donné à
l'homme de l'être ici-bas! Son cha-
grin venait de ce qu'il n'avait point
d'enfans. Il était marié depuis cinq
ans; depuis cinq ans il n'avait pas
laissé passer une semaine sans donner
quelque soin *ad suam procreandam
prolem* : peine inutile ! il n'était pas
plus question d'un nouveau Dumou-

chel que du messie des Juifs ; et il ac-
cusait sa femme de stérilité, et elle ne
savait que répondre. Une voix secrète
se faisait entendre dans son cœur, et
mêlait quelquefois ses murmures aux
reproches de ce dolent époux.

À part le talent de perruquier, qu'il
portait à un degré de perfection bien
capable de flatter l'amour-propre d'une
femme qui n'eût pas été la sienne,
M. Dumouchel n'était qu'un homme
fort ordinaire, commun dans ses manières, trivial dans son langage. La
lecture des romans inspire un goût,
une élévation de sentimens qui ne
plaidaient pas en sa faveur auprès de
sa trop délicate moitié ; elle se prêtait
de mauvaise grâce à des caresses où il
ne savait mettre que sa brutale envie
d'avoir des enfans ; et la plupart du
temps elle n'y remplissait qu'une fonc-
tion passive, qu'elle se doutait bien

n'être pas très-favorable aux vues de propagation dont il était si préoccupé.

N'y aurait-il pas moyen, se dit-elle un jour, de faire cesser les plaintes de ce bourru? Et notez qu'elle ne songeait pas à mettre plus du sien que par le passé dans les tentatives de M. Dumouchel. Pour avoir lu beaucoup de romans, une femme n'en est pas moins femme. Elle avait alors dans l'imagination une idée vague et confuse d'un certain César-Alexandre-Achille Pieffin, son cousin, commis au greffe du Châtelet, lequel, depuis quelque temps fréquentait assez régulièrement M. Dumouchel, et entretenait la jolie cousine de bouquets et de romans.

## CHAPITRE II.

A tort de mari, vengeance de femme.

Ce n'était pas un Adonis que César-Alexandre-Achille Pieffin. Il était petit et laid, mais bien pris dans sa petite taille ; il n'avait pas d'esprit, mais il était mordant et flatteur, mérite qui supplée tous les autres auprès de beaucoup de gens. D'ailleurs, il dansait comme un ange, se mettait bien et se piquait de politesse. Les commis au greffe de ce temps-là ne ressemblaient guère à ceux du nôtre.

Or, madame Dumouchel, sans aucune mauvaise intention, comparait le cousin Pieffin à son mari ; elle se disait que, si elle était la femme du premier, elle ne serait peut-être pas stérile ; et elle levait au ciel ses beaux yeux bleus mouillés de larmes. Quand une femme fait de pareilles réflexions, quand elle tombe dans de pareilles extases, l'honneur d'un mari est bien près de faire naufrage : aussi celui de M. Dumouchel ne surnagea-t-il pas long-temps.

Un jour que madame Dumouchel venait de lire la xiv<sup>e</sup>. Lettre de la *Nouvelle Héloïse*, et qu'elle était encore tout émue de cette lecture, le cousin Pieffin entra dans sa chambre. Il l'embrassa selon sa coutume ; mais, au lieu de lui tendre la joue, comme elle faisait ordinairement, voilà que, par un mouvement involontaire et fatal, la pauvre madame Dumouchel lui présente la bouche, cette bouche de rose, l'objet de l'adoration de tout le faubourg Saint-Antoine et de la convoitise secrète du cousin. Leur baiser fut brûlant ; il finit par devenir

*âcre :* comme *Julie,* madame Dumouchel succomba à la force de la sensa-
tion. Il n'y avait point là de *Claire*
dans les bras de qui tomber : comment toutefois se tenir sur ses jambes,
devenues tout à coup si faibles et si
tremblantes? La chute était inévitable,
elle tomba donc..... Le dirai-je?......

C'est peut-être ici le cas de montrer
que le luxe est plus utile qu'on ne le
pense généralement à la vertu des
femmes.

Les couturières de ce temps-là igno-
raient l'usage de l'acajou et des étoffes
précieuses dans leur ameublement :
le sapin, et quelquefois le noyer, y
étaient seuls admis ; la simple paille
recouvrait leurs modestes siéges. Ah !
pourquoi, comme aujourd'hui, ne se
permettaient-elles pas ces fauteuils de
velours à franges à crépines , ces
chaises sculptées, ciselées, incrustées,

si sveltes, si élégantes, où une jolie femme a si bonne grâce ! quelle assistance madame Dumouchel en eût tirée !..... Mais j'en appelle à toute femme sensible et délicate : comment allier ces idées si disparates d'un sentiment tendre et mélancolique et d'une chaise de paille ? L'imagination de madame Dumouchel en fut révoltée, elle préféra tomber sur son lit. Le cousin Pieffin, qui n'était pas moins troublé qu'elle, suivit son exemple ; et cela devait être.

Ce qu'il résulta de cette double chute je le laisse à deviner aux personnes expérimentées ; celles qui ne le sont point peuvent se passer de le savoir, et je ne le dirai pas. Le fait est que M. Dumouchel, qui survint quelques momens après, trouva sa femme et le cousin dans un grand désordre ; qu'il en voulut savoir la cause dès que

le cousin fut sorti ; que, l'explication
ne le satisfaisant pas, il s'emporta jusqu'à souffletter la pauvre femme, et
qu'il ne se borna même à cela dans
son ressentiment que parce qu'il la
vit noyée dans les pleurs.

Eh ! quel barbare résisterait aux
larmes de la beauté ! M. Dumouchel
était bon ; il eut bientôt regret à sa
vivacité. On le fit convenir qu'il était
jaloux, que la jalousie lui avait fait
voir des fantômes ; et il demanda pardon de ses torts.

Le raccommodement fut suivi de
toutes les circonstances d'usage. Il y
eut le lendemain un petit souper de
famille, où le cousin Pieffin lui-même
assista, bien que, depuis la scène de
la veille, M. Dumouchel ne le regardât
plus d'aussi bon œil qu'auparavant ;
et la nuit de ce jour mémorable fut
presque semblable à celle des noces

pour M. et M^me. Dumouchel : tant
il est vrai qu'il faut souvent bien peu
de chose pour ranimer la tendresse
entre des époux bien assortis !

~~~~~~~~~~~~~~~~~~~~~~~~~~~~~~~~~~~~~~~~~~~~~

## CHAPITRE III.

Conséquences du raccommodement. Nom
baptismal de l'héroïne.

Au bout de neuf mois, jour pour
jour du raccommodement de M. et
madame Dumouchel, naquit une petite fille, et les vœux de cet honnête
couple furent comblés. Ce n'est pas
que M. Dumouchel n'eût préféré un
garçon, et qu'il ne connût l'extrême
ridicule dont un père se couvre auprès
de tous les bons esprits quand il lui
naît une fille; mais, après cinq ans des
plus fervens désirs, la joie d'avoir un
enfant l'emportait sur les considéra-

tions et sur l'orgueil du sexe ; d'ailleurs il était philosophe. Quant à madame Dumouchel, sa satisfaction était sans mélange : elle avait toujours désiré une fille, et elle arrangeait déjà dans sa tête un plan d'éducation propre à former cette petite créature aux belles manières et à la vertu.

La mère de l'accouchée fut marraine, et le voisin Jacques Mordoré parrain. Madame Dumouchel aurait bien désiré que César-Alexandre-Achille Pieffin fût revêtu de ce doux titre ; elle laissa même échapper un regret à cet égard le jour du baptême : mais sa mère, bouquetière à la place de la Bastille, femme prudente et sensée, lui fit observer que l'enfant ressemblait beaucoup au cousin ; que cela n'était qu'un de ces accidens si communs dans les familles, mais dont cependant les mauvais plaisans eussent pu saisir l'à-

propos, et qu'il était très-heureux
qu'on ne leur en eût pas laissé la joie.
Madame Dumouchel regarda sa fille,
l'embrassa tendrement, et s'adressant
à sa mère : « Vous avez raison, lui
» dit-elle ; mais quel nom donnera-t-
» on à cette pauvre petite? — Le pre-
» mier venu, mon enfant ; ils sont
» tous bons. — Pardonnez-moi, ma
» mère ; il y en a dont l'influence ne
» saurait être que funeste. — Ah çà,
» je crois que le lait te monte à la tête,
» ma pauvre enfant. Où as-tu vu qu'un
» nom eût c'te puissance-là? Au de-
» meurant, le mien n'est pas mal, je
» pense ; il ne m'a jamais attiré rien
» de fâcheux : si tu veux..... — Quoi?
» Jeanneton !.... Fi ! — Hein? — Fi !
» vous dis-je : y a-t-il rien de plus
» ignoble que Jeanneton ? C'était bon
» de votre temps ; mais aujourd'hui
» c'est à faire lever le cœur. — Déci-

» dément, ma pauvre fille, tu bats la
» campagne. V'là que mon nom est
» igneuble à présent ! c'est à mourir
» de rire ! Va, mon enfant, c'sont
» les actions et non pas les noms qui
» sont c'que tu dis. J'ai vécu, Dieu
» merci ! soixante ans honorablement
» sous le nom de Jeanneton ; j'ai fait
» tout doucement mon petit négoce
» de fleurs et de bouquets, sans faire
» parler de moi ( *baissant la voix* ),
» et sans tromper ni ton père, ni per-
» sonne. Mais tu lis trop, ma chère
» enfant, et c'est çà qui te gâte l'esprit.
» Au lieu de faire des robes, pourquoi,
» t'as tant de talent, tu t'amuses à
» lire des histoires qui n'ont ni queues
» ni têtes, et où c'qu'on n'apprend
» qu'à devenir vaine et dédaigneuse.
» Crois-moi, te v'là mère, renonce
» à ces méchantes lectures ; occupe-
» toi de ton ménage, de ton mari et

» de ton enfant ; et tu verras bientôt
» que ça vaut mieux que d'apprend'
» dans un livre les mièvretés d'une
» Valentine, d'une Argentine ou d'une
» Saphorine ! — Ah ! Saphorine !....
» Oui, ma mère ; oui, c'est cela, Sa-
» phorine. Ah ! il est charmant, et
» pas commun. — Hein? — Saphorine !
» c'est Saphorine que je veux qu'on la
» nomme. — Eh ben, il me paraît que
» tu n'écoutes pas mal ce qu'on te dit. »

Jacques Mordoré, étant venu offrir
une boîte de dragées à l'accouchée,
mit fin à ce colloque. Madame Dumouchel lui signifia qu'elle entendait
que le nom de Saphorine fût donné à
sa fille, et tout le monde tomba d'accord que c'était un fort joli nom. — Le
goût de la voisine perce dans tout, dit
madame Mordoré, qui était venue pour
veiller au repas pendant le baptême.

La sage-femme arriva alors, suivie

1*

d'une bonne grosse réjouie dé pay-
sanne qu'on avait retenue pour nourrice, et l'on partit.

<hr />

## CHAPITRE IV.

Le baptême. Premiers soucis dé la paternité.

Ce fut le curé de Sainte-Marguerite,
confesseur de madame Dumouchel,
qui baptisa l'enfant. Pendant toute la
cérémonie, il regarda M. Dumouchel
d'un air de compassion ; et, quoique
ce fût son coiffeur, il ne lui adressa
pas le moindre petit mot de félicita-
tion. Il lui présenta, d'un air morne,
le registre à signer; et le bon ecclésiastique ne se dérida un peu que quand
le parrain et la marraine lui présen-
tèrent chacun leur cornet de bonbons
et leur petit écu.

M. Dumouchel n'avait pas l'imagination aussi alerte que sa romanesque
moitié ; cependant l'air du curé le
rendit pensif. « S'il me jugeait heu-
» reux d'être père , se disait-il tout
» bas , il est probable qu'il m'en té-
» moignerait quelque chose. Il pense
» donc que je ne le suis pas ?.... Et il
» en sait peut-être la raison, ajoutait-
» il , lui qui connaît les péchés secrets
» de ma femme. »

Comme il était absorbé dans ces réflexions, et qu'il suivait machinale-
ment le cortége hors de l'église, en se
répétant : « Le suis-je ? ne le suis-je
pas ? » il rencontra auprès du grand
bénitier son voisin Galipot, qui lui
dit , d'un air goguenard : « Bonjour ,
confrère. » Et l'on voudra bien observer que cela ne pouvait s'entendre d'aucune analogie de métier , puisque ,
ainsi que je crois l'avoir dit , le voisin

Galipot était cordonnier, et que l'intervalle qui les séparait dans leurs pro-
fessions respectives était de toute la
longueur du corps humain. Mais le
voisin Galipot passait dans le quartier
pour être tout ce qu'il est possible que
soit un pauvre mari ; et c'était là la
confraternité dont il saluait le pauvre
M. Dumouchel. Celui-ci s'efforça de
faire bonne contenance, et de sourire
à la plaisanterie ; mais le trait avait por-
té, et était entré dans son sensible cœur.

Ce n'est pas tout : au moment de
monter en fiacre, la foule des pauvres
qui assiégeait dans ce temps-là la porte
des églises de Paris, se précipita sur
ses pas. Dans sa mauvaise humeur, il
les éloigna rudement ; et l'un d'eux se
mit à dire tout haut : « Pardieu ! voilà
» un cocu qui fait bien le renchéri ! »
Qu'on juge de l'effet que dut produire
ce peu de paroles sur M. Dumouchel,

dans la situation d'esprit où il était. Le
sang lui porta violemment à la tête ;
il ne vit plus, il n'entendit plus
(il était peu nécessaire en effet qu'il
en entendît davantage ) ; et il demeura
dans cet état jusqu'à ce qu'arrivé chez
lui, et s'étant retiré dans son arrière-
boutique , il commença à verser des
larmes.

 « Ingrate ! s'écriait-il en se frap-
» pant le front, avoir pu me jouer un
» pareil tour !.... à moi , qui t'aimais
» tant !.... à moi , qui ne négligeais
» rien pour te plaire !...... Toutes les
» femmes sont-elles donc des trom-
» peuses ? Mais tu es cent fois plus cou-
» pable qu'une autre..... Un air si
» doux ! tant de sensibilité ! un goût
» si décidé pour la lecture !......... et
» tout cela , masque de noirceur et
» d'impudicité !... Il ne faut donc plus
» compter sur une femme qui a une

» physionomie touchante et qui lit
» des romans !.,... O ciel ! qui veux
» qu'on se marie , à qui donc est-il
» permis de se fier ? »

Ce fut ainsi, ou à peu près, qu'il
exhala ses premiers transports. Rien
ne rafraîchit le sang et ne calme un
grand dépit comme les imprécations
et les apostrophes : ce n'est que pour
cet usage que la rhétorique les a in-
ventées ; et nous les voyons prodiguées
dans les tragédies et les drames , et
surtout dans les *mimo-drames* , la dernière et la plus parfaite invention de
la littérature française.

M. Dumouchel se trouva donc un
peu soulagé après son soliloque; alors
il commença à faire ce que font tous
les maris en semblable cas, il douta.
Il n'avait pas de preuves. Si sa femme
avait forfait à l'honneur , elle n'avait
sûrement pas pris de témoins, La plai-

santerie du voisin ne pouvait donc être
qu'une chose hasardée et sans objet
positif : pour la grossièreté du men-
diant de la porte, elle était encore
bien moins fondée ; restait donc l'air
étrange du curé. Mais le curé est un
homme enfin, sujet comme tous les
autres à des infirmités : il était peut-
être malade ; il avait peut-être quelque peine domestique..... D'ailleurs
il avait souri au parrain et à la marraine;
puis, n'avait-il pas écrit de sa propre
main sur le sacré registre : *Saphorine
Dumouchel, fille légitime de..., etc..?*
Voilà des faits auxquels il est raisonnable de se rendre, et non à de vaines
conjectures, où il n'y a vraiment
qu'erreur et qu'incertitude.

Il n'est tel que de chercher la con-
viction de bonne foi; nous ne tardons
guère à nous en sentir pénétrés. M. Dumouchel rendit toute sa confiance à sa

femme ; puis , ayant un peu réparé son désordre , il monta à la chambre de l'accouchée , où la compagnie l'attendait.

~~~~~~~~~~~~~~~~~~~~~~~~~~~~~~~~~~~~~~~~~

## CHAPITRE V.

Le repas. Naïveté de nourrice. Entretien grave.

M. Dumouchel trouva beaucoup de monde chez lui : des parens , des amis, tous honnêtes gens qui, ayant su qu'on célébrait par un petit festin la naissance de notre héroïne, s'étaient empressés de venir féliciter le père et la mère sur un si heureux événement. M. Dumouchel se sentit flatté de ces congratulations ; elles eussent même entièrement effacé les impressions de la matinée, s'il n'eût aperçu le cousin Pieffin au chevet du lit de sa femme.

Il ne doutait plus qu'elle ne fût point coupable ; mais , par une contradiction non tout-à-fait nouvelle dans le cœur d'un mari, il ne pouvait se persuader que le cousin fût innocent. Il ne témoigna rien toutefois, semblable encore par-là à beaucoup d'honnêtes gens, et l'on se mit à table.

On mangea d'abord beaucoup ; puis, la première faim étant apaisée, on commença à parler de choses et d'autres , de la pluie et du beau temps. On demanda à la nourrice si la récolte serait bonne cette année; et elle répondit : « Oui, s'il plaît à Dieu. » Jacques Mordoré voulut savoir pourquoi les lentilles ne se mangeaient pas fraîches comme les petits pois et les fèves de marais, et quelle différence essentielle il y avait entre les haricots de Soissons et ceux qu'il cultivait sur la croisée de sa chambre. Ces questions étant

trop au-dessus des lumières de la nourrice , elle se défendit modestement
d'y répondre. Exemple que l'on pourrait proposer à plus d'un savant de ma
connaissance.

Il fallut donc parler d'autre chose ;
et l'on mit sur le tapis les états-géné-
raux , la constitution , Mirabeau et
l'abbé Maury. Chacun dit son mot ; on
se fit une image ravissante du bonheur
dont la France allait jouir sous l'empire des lois et de la liberté ; on se
peignit, avec attendrissement , les
douceurs de l'égalité qui allait régner
entre les citoyens ; bien entendu que
Jacques Mordoré et M. Dumouchel ne
pensaient pas à descendre au rang de
leurs garçons ; ils ne comptaient que
s'élever à celui de leurs pratiques ; et
c'est à peu près ainsi qu'on a toujours
entendu l'égalité en France.

Celui qui parla le plus raisonnablement, et auquel tous les autres finirent par prêter attention, fut le cousin Pieffin. Il avait lu quelques pages de Montesquieu, et expliquait les principes qu'il y avait puisés, par des raisonnemens qui ne sentaient pas trop le greffe.

« Veuillez me dire, monsieur, ce » que c'est que l'aristocratie, lui de- » manda le grand questionneur Mor- » doré, et pourquoi messieurs du tiers » en veulent tant aux aristocrates? »

« Monsieur, répondit le cousin, en » proportionnant son ton à l'intelli- » gence de son auditoire, l'aristocra- » tie est le gouvernement par lequel » une certaine classe de citoyens ex- » ploite l'état à son profit. Si le mot » *patrie* s'entend seulement de la partie » de ce globe sur laquelle un peuple » végète, ce genre de gouvernement » est bon, parce qu'il est naturelle-

» ment inquiet, ambitieux ; qu'il a
» une multitude d'yeux et d'oreilles,
» et des ressources toujours prêtes.
» Mais si *patrie* veut dire *famille;* si
» tout homme qui naît au sein de cette
» famille en est membre, comme cela
» est naturel, l'aristocratie est l'insti-
» tution la plus odieuse et la plus ab-
» surde.

   » Un grand publiciste a démontré
» que les lois n'étaient bonnes et du-
» rables que tant qu'elles étaient en
» harmonie avec les mœurs, l'esprit,
» la croyance religieuse et le carac-
» tère propre des peuples qu'elles ré-
» gissaient. Or, en partant de ce prin-
» cipe, jugez si l'aristocratie convient
» à la France. Elle y a existé un mo-
» ment, dans des temps que messieurs
» de la noblesse appellent *bons* et
» qu'ils regrettent, quand le peuple
» était dans cet état complet d'abru-

» tissement et de misère qui ne laisse
» ni sentiment, ni volonté : mais ces
» bons temps sont passés.

» J'ai fait, il n'y a pas long-temps,
» un voyage en Angleterre : le gou-
» vernement y est monarchique ; mais
» les lois s'y font par le triple concours
» du roi, des nobles et du peuple,
» comme on le demande ici. Eh bien,
» la noblesse ou l'aristocratie est si
» naturellement envahissante, si es-
» sentiellement avide d'avantages et
» de priviléges, que le peuple de ce
» pays est un des plus misérables du
» monde.

» La fortune, dans les familles no-
» bles, appartient à l'aîné ; et il n'en
» peut point disposer, parce que, outre
» la portion inaliénable qui est affectée
» de fondation légale à l'entretien de
» son titre et au maintien de son in-
» dépendance, le surplus est ordinai-

» rement substitué; et, par cela même,
» encore inaliénable et défendu contre
» la communauté. Les cadets, sans
» bien, mais appuyés du crédit des
» aînés, occupent seuls les emplois;
» les grands débouchés du commerce
» ne sont ouverts que pour eux. Cu-
» pides par la nécessité que leur im-
» pose leur défaut de fortune, leur nom
» et leur situation dans le monde, il
» n'est rien qu'ils ne mettent en œuvre
» pour que l'argent ne retourne jamais
» au peuple, quand il est une fois
» venu du peuple à eux. De là les ma-
» chines qui rendent inutiles les bras
» de l'homme qui n'a que ses bras
» pour vivre; de là le prix excessif
» des plus simples produits de l'indus-
» trie et des denrées les plus com-
» munes; de là cet état si absolu de
» dénûment et de misère, que dans
» certains cantons le pain de son est

» la nourriture des voluptueux ; de là
» les émigrations, les séditions et
» les crimes qui font périr tant de
» malheureux dans l'exil ou sur l'é-
» chafaud.

» Cependant les lords, c'est-à-dire,
» le corps aristocratique, font leurs
» cousins, leurs frères, leurs fils, re-
» présentans des communes, et leur
» esprit domine ainsi partout ; et le
» peuple n'a aucune voie pour sortir
» de son infortune.

» Cela existe depuis long-temps en
» Angleterre ; et la partie lésée étant,
» par défaut de lumières et de richesses,
» la partie faible, cela peut durer en-
» core long-temps : mais en France,
» où, entre ce que les Anglais ap-
» pellent *mob* et ce que nous appe-
» lons *grands*, il y a une classe nom-
» breuse, énergique, riche et éclai-
» rée, de pareils abus ne sauraient

» prendre racine ; et messieurs du
» tiers ont raison , ou ce principe,
» que les lois doivent être appropriées
» à l'esprit du peuple qu'elles régissent,
» est faux. »

Ainsi parla le cousin Pieffin. On voit
qu'il ne possédait la matière que bien
superficiellement. Son discours n'en
pénétra pas moins l'assemblée de con-
viction ; car telle est la puissance de la
vérité, que dès qu'elle nous flatte, elle
nous persuade.

« Que regardez-vous donc si atten-
» tivement? » dit madame Mordoré
à la nourrice , quand le commis au
greffe eut cessé de parler. « Je re-
» garde , répondit celle-ci, qu'il faut
» que c'monsieur qu'on appelle cou-
» sin , soit queuq'zun de la famille.
» — Il n'y a pas de doute : mais à
» quoi le jugez-vous? — C'est que la
» petite lui ressemble furieusement.

» — Est-il possible ? — Bah ! dit la
» mère de madame Dumouchel. — Il
» n'y a pas de bah ! répartit la nour-
» rice , et je vois ben c'que je vois.
» Elle a , tout ainsi que lui , les yeux
» petits, la bouche grande, le nez
» court et le teint bis ; seulement elle
» n'est pas grêlée comme lui. — C'est
» qu'elle n'a pas eu la petite vérole ,
» reprit Jacques Mordoré. »

Qu'on se figure , s'il est possible , la
situation du pauvre M. Dumouchel
pendant ce colloque : il pâlit , il rou-
git , il changea trois fois de visage ;
et quand , à la fin du repas , on but à
la santé les uns des autres , il refusa
de trinquer avec le cousin.

## CHAPITRE VI.

Départ de Saphorine; son père commence à
aller au cabaret, et sa mère à ne plus aller
à confesse.

CEPENDANT le jour baissait. La nourrice demeurait à Limeil; la mère de
madame Dumouchel la pressa de partir. On changea Saphorine, qui jus-
que-là était restée en habit de baptême; et, après l'avoir fait baiser à la
ronde, on se disposa à l'emmener.

« Va, pauvre enfant, lui dit sa
» mère : te voilà entrée dans la car-
» rière de la vie; en puisses-tu toujours
» ignorer les écueils, comme tu les
» ignores aujourd'hui! Puisse ton âme
» candide et pure n'être jamais trou-
» blée par les passions orageuses et les
» noirs remords qu'elles traînent à

» leur suite! » Elle avait lu cela dans
quelque roman; car, communément
son style était plus simple et plus naturel. M. Dumouchel la regarda triste-
ment. « Hélas! dit-il en lui-même, ce
» n'est pas là une méchante femme. »

Ses entrailles n'en parlèrent pas davantage pour Saphorine cependant;
et, tout excellent homme qu'il était,
il eut bien de la peine à éloigner tout-
à-fait de son cœur le désir que la pauvre petite fût emportée aux premières
dents.

Tous les convives partirent à la
suite de la nourrice; et M. Dumouchel
resta seul avec sa femme et sa belle-
mère. Pour la première fois il se sentit
mal à son aise chez lui; il y éprouva
de l'ennui et du dégoût : il ne pouvait
prendre sur lui de dire un mot à sa
femme; il ne se sentait même pas de
pitié pour les douleurs qu'elle parais-

sait souffrir. « Elle en est bien dédom-
» magée, se disait-il ; elle est sûre au
» moins que son enfant est d'elle. » Et
il regrettait que le privilège de porter
les enfans, et d'en accoucher, n'eût
pas été accordé aux hommes.

Quand un mari s'est une fois ennuyé
chez lui, il est rare qu'il s'y expose
une seconde, et qu'il ne cherche pas
dehors quelque objet de distraction.
C'est ce que fit M. Dumouchel : il s'a-
grégea à une société d'amis de la joie,
grands buveurs, grands fumeurs, qui
se réunissaient tous les soirs dans un
cabaret voisin. Il ne se borna pas à
les imiter dans leurs débauches : il
devint encore comme eux, et, par
une transition choquante, dur, avare,
bourru et grondeur avec sa femme.
Nous avons déjà vu que madame Dumouchel était vindicative. Au lieu de
chercher à faire oublier, par sa dou-

ceur et sa patience, des torts qui
avaient une primauté incontestable
sur ceux de son mari, elle ne songea
qu'à s'en donner de nouveaux, et,
comme elle le disait, qu'à user de re-
présailles. Le cousin Pieffin n'avait
point cessé d'être empressé et préve-
nant ; bien que, par les conseils du
curé de Ste.-Marguerite, madame Dumouchel eût cessé d'être complaisante
pour lui. Certaine synderèse que l'idée
de la confession éveillait dans son âme
à chaque entreprise du cousin, pré-
vint long-temps la récidive de l'unique
offense qu'elle eût faite à son époux ;
mais les procédés dont, pour tout ré-
sultat, celui-ci payait ses efforts, en
affaiblirent enfin la constance ; et madame Dumouchel n'alla plus à confesse.

# CHAPITRE VII.

Gentillesse de Saphorine; accident; on la retire de nourrice.

Quoique la nourrice de Saphorine fût pauvre, comme tous les villageois l'étaient alors, l'enfant venait cependant fort bien. Madame Dumouchel l'allait voir souvent, et la veillait de très-près. Le cousin Pieffin accompagnait cette excellente mère dans tous ses voyages, pour la désennuyer, et faire que le chemin lui parût moins long.

C'était un plaisir de voir cette petite créature, si éveillée, si gracieuse, si innocente, sourire à sa mère, commencer à bégayer quelques syllabes caressantes; et appeler très-distinctement le cousin Pieffin *papa*. Elle ne voyait que lui, au fait; et, depuis qu'elle était à Limeil, M. Dumouchel n'y avait pas mis le pied. Bref, elle était charmante; et on pouvait même espérer qu'elle serait jolie : non de cette beauté régulière et positive, la seule que reconnaissent nos peintres; dont le modèle n'a jamais existé que dans leurs marbres antiques, et dans les cent mille copies déguisées qu'ils en ont faites depuis, et qu'ils en font encore tous les jours; mais de cet heureux agencement de traits, de cette grâce d'ensemble qui fait le charme le plus réel d'un visage humain, et dont on reconnaît l'agrément sans en pouvoir fixer les proportions. Il est vrai que peu de chose suffit pour déranger, pour ruiner même ce frêle accord, cette harmonie si délicate. Saphorine eut la petite vérole, et tout disparut.

C'était, comme l'avait remarqué la

nourrice, tout ce qui lui manquait pour ressembler complétement au cousin ; elle fut dès lors un second lui-même. Mais, en pareil cas, ce qui est à peine remarqué dans un homme, est d'un bien autre effet dans une femme. « Pauvre petite ! » dit sa mère en la voyant ainsi changée ; « ce n'est » plus que ton intérieur qu'il faut » songer maintenant à orner ; et puisse » le ciel te dédommager par les dons » de l'esprit, des agrémens qu'il ôte à » ta figure ! »

On verra, par la suite, si ce vœu était sage, et s'il fut exaucé.

La politique, passion alors dominante dans tous les esprits, absorba peu à peu les loisirs, et peut-être même les affections du commis au greffe. Il cessa d'accompagner madame Dumouchel à Limeil ; et elle retira Saphorine de nourrice.

## CHAPITRE VIII.

Première éducation d'une petite Parisienne.

Mon but n'étant ici que de faire connaître Saphorine, et de montrer, par les événemens de sa vie, ce que peut une certaine éducation sur un bon naturel, je ne parlerai point de la révolution qui éclata alors, et que tout le monde connaît aussi bien que moi. Tout ce que j'en dirai, c'est que le cousin Pieffin s'y jeta à corps perdu; qu'il oublia complétement M<sup>me</sup>. Dumouchel et notre petite héroïne; et qu'après avoir persécuté les nobles et les riches avec une grande ardeur de patriotisme, il finit par devenir comte. Aujourd'hui, il trouve qu'il y a trop de démocratie dans la charte.

Pour M. Dumouchel, il fut aristo-

2*

crate dès le premier moment, et l'est
encore. Son attachement à ce parti lui
fut-il suggéré par le curé de Ste.-Mar-
guerite, dont il était toujours le coiffeur, ou par la perte de sa boutique,
tout le monde s'étant mis à porter des
cheveux plats, ou enfin par le penchant
secret qui, depuis quelque temps, l'en-
traînait à penser autrement que le cousin? C'est ce que je ne saurais dire.
Tout ce qu'il m'est permis d'affirmer,
c'est qu'aujourd'hui il y tient par pur
amour pour les perruques, et parce
qu'il croit que le triomphe de l'aristocratie serait encore celui des toupets
à la grecque.

La défection du commis au greffe
n'était pas faite pour mettre la politique en faveur auprès de madame Dumouchel; aussi y donna-t-elle fort
peu d'attention; elle s'en remit, sur
de si graves intérêts, aux tricoteuses

de son quartier, et s'occupa uniquement de sa fille. Il est difficile de se
faire une idée des extravagances où sa
tendresse l'entraîna, et jusqu'à quel
point la pauvre enfant fut gâtée, non
de la part de M. Dumouchel cependant, c'est une justice à lui rendre.
S'il n'eût tenu qu'à ce bon père, sa
fille eût été fouettée dix fois par jour,
plutôt que caressée une seule hors de
propos. Il avait de grands et solides
principes d'éducation. Mais madame
Dumouchel savait la soustraire à ces
témoignages un peu acerbes de la tendresse paternelle, et lui en donner de
plus douces de la sienne. Elle l'habillait,
la coiffait avec des soins qui allaient
jusqu'au scrupule ; elle raffinait, pour
la parer, sur l'élégance et la coquetterie
dont, depuis si long-temps, elle avait
l'habitude pour elle-même. Son excuse
était qu'une extrême laideur a besoin

d'être tempérée par un peu de secours
étrangers.

Elle lui montra aussi à lire, à former des lettres avec un crayon ; puis
lui apprit une infinité de fables, de
petits contes que l'enfant récitait avec
toute la gentillesse de son âge, et qui
transportaient d'admiration toutes les
voisines et toutes les bonnes amies de
sa mère.

Peu à peu elle grandit, et, grâce à
de si bons soins, montra une intelligence précoce et singulièrement au-
dessus de son âge. C'était là que l'attendait madame Dumouchel. Elle l'as-
socia à la lecture de ses chers romans,
dont elle ne laissait passer aucune
beauté sans la lui faire apprécier ; et
bientôt, avec une satisfaction inex-
primable, elle la vit y puiser un trouble non moins charmant, des sensations, à quelque chose près, non

moins délicieuses que celles qu'elle y
goûtait elle-même. Il est vrai que
les questions saugrenues de l'enfant
l'embarrassaient quelquefois, surtout
quand elles venaient à propos de quelques-uns des ouvrages de nos dames,
où l'on trouve tant de propositions
délicates, tant de pensées subtiles et
profondes. Mais ce n'était qu'un bien
léger inconvénient au milieu de
jouissances si aimables et si douces.

Ce qui flattait le plus le goût de Saphorine, c'était le spectacle. Elle ne
comprenait pas encore grand'chose
aux pièces; mais elle brillait dans les
entr'actes. La conscience de son jeune
mérite lui donnait de l'assurance, et
rien n'était plus curieux que l'adresse
avec laquelle elle savait déjà provo-
quer l'attention de ses voisins, et se
composer un auditoire. Son joli ba-
bil, la grâce de ses saillies enfantines,

ne manquaient jamais de lui attirer
des applaudissemens dont la prudente
madame Dumouchel ne savourait pas
moins la douceur qu'elle-même.

Ainsi s'écoulèrent ses premières
années, dans les plaisirs et dans la
vanité. Voilà comme sont élevées la
plupart de nos petites filles de Paris;
et ce n'est peut-être pas une des moindres causes de l'excellence de leurs
mœurs quand une fois elles sont femmes.

FIN DU LIVRE PREMIER.

# SAPHORINE.

## LIVRE SECOND.

*Le mal fait des progrès; premières passions, première faute. Espace de six ans.*

> C'est l'âge de l'ivresse et des transports, du charme et des illusions, de la témérité qui entraîne dans les écarts, et de la présomption qui arrête dans le retour; c'est l'âge où tout ce qui attire est danger, tout ce qui flatte séduction.
>
> LATOUR.

## CHAPITRE PREMIER.

*Prologue que peuvent passer ceux qui cherchent autre chose que de l'instruction dans cet ouvrage.*

IL faudrait une grande parité de vues et de moyens, une extrême conformité de sentimens et de principes entre deux époux, pour que l'éducation des enfans fût, non pas bonne, mais du moins conséquente, et dirigée de façon à ce qu'ils voient les choses de la vie sous leur aspect le plus positif; condition sans laquelle ils sont attendus dans le monde par tant et de si étranges mécomptes!

Je ne dis pas que cet heureux accord ne se rencontre jamais; que dans tous nos ménages monsieur ait une manière de voir et madame une autre; que tous nos enfans soient élevés au hasard, et ainsi prédisposés à n'avoir dans le cours de leur vie ni plan, ni règle de conduite; il faut pourtant qu'on m'accorde que cela se voit quelfois. Or, c'est pour garantir d'une erreur funeste ceux qui s'y abandonnent faute de lumières, que je leur soumets ici quelques réflexions. L'effet des livres n'est pas douteux, nous le voyons bien par l'amélioration sensible qu'a éprouvée le genre humain depuis qu'il sait lire. Je suis donc bien certain qu'après la publication de celui-ci, tous les époux s'uniront de la plus étroite intelligence, au moins pour ce qui concernera la manière d'élever leurs enfans.

Ce que je leur recommande par-dessus tout, c'est de ne se point faire de système absolu, de se borner à une scrupuleuse attention, et de toujours régler leur marche à partir du point où se trouve actuellement leur élève ; comprenant dans ce précepte le physique aussi-bien que le moral. Ainsi on ne le destinera pas, dès l'âge de six ans, à être un jour maréchal de France, puisqu'on ne parvient à cette dignité que par une succession d'épreuves préliminaires qui ne demandent pas moins de force de corps que de force d'âme et d'esprit, et qu'il

peut auparavant devenir rachitique ou
valétudinaire; on ne le poussera pas
trop à l'étude de l'astronomie, tant
qu'on ne se sera pas assuré que sa vue
soit forte et ses yeux sains : de même
on ne l'élèvera pas pour les cours
avant que de l'avoir reconnu fin, poli,
souple, patient et dissimulé; pour la
magistrature, tant qu'on ne se sera
pas assuré qu'il soit probe, sévère
pour lui-même, incapable de se laisser séduire et de mettre à prix sa conscience : on ne le tournera vers la
finance que quand on sera bien certain qu'il met l'argent au-dessus du
mérite personnel; vers les arts, que
quand on aura constaté qu'il ne
fait aucun cas de l'argent; enfin,
tant qu'on aura lieu de craindre que,
susceptible de scrupules et d'humanité, son cœur lui ait été donné pour
autre chose que pour la circulation

du sang, on ne le fera ni directeur des hôpitaux, ni fournisseur des armées; on se gardera, en un mot, de le façonner pour aucun état qui soit antipathique à son naturel. Notre malaise secret, à tous tant que nous sommes, n'a presque point d'autre origine.

On voudra bien observer encore que je ne parle ici que des mâles, dont, à la rigueur, l'éducation pourrait souffrir quelque négligence, à cause de la grande liberté et des ressources nombreuses qui leur sont réservées dans le monde. Mais il n'est qu'un état pour les filles; jugez donc ce qu'il faut de soins et d'attention, de persévérance dans l'étude de leur caractère et de leurs mœurs, pour leur éviter des chagrins.... hélas! trop souvent inévitables. Les maris sont si exigeans! ils sont si bien instruits de ce qui leur est dû ! Demandez à nos dames.

## CHAPITRE II.

### Comme on apprend à connaître le monde en l'étudiant dans les mélodrames.

On sait que Saphorine n'était pas jolie. Les femmes laides demandent à être élevées avec plus de ménagement encore que les autres, parce qu'elles sont beaucoup plus sensibles à des hommages qu'elles obtiennent plus rarement. La vanité rend une belle personne dédaigneuse, en lui faisant regarder l'admiration des hommes comme un tribut légitime. A quoi pourrait-elle se croire obligée envers des gens qui ne font que s'acquitter d'un devoir? Mais une laide est d'abord pénétrée de reconnaissance à la plus légère marque d'attention qu'on

veut bien lui donner. Et c'est pourquoi tout homme qui, dans le choix
d'une épouse, a osé se flatter que la
vertu compenserait la laideur, tarde
rarement à reconnaître la fausseté de
son calcul, et à se repentir de n'avoir
pas donné la préférence à la beauté.

Saphorine était donc exposée à de
très-grands périls. L'imprudence de
sa mère ayant exaspéré en elle une
sensibilité excessive et une vanité non
moins outrée, la pauvre enfant se
trouvait doublement offensée des éter-
nels affronts que M. Dumouchel se
plaisait à lui faire au sujet de sa laideur. C'était un homme sans malice,
et qui la réduisait innocemment à
saisir la première occasion de lui
prouver qu'il pouvait se trouver des
yeux plus indulgens. Il faut ajouter,
d'ailleurs, qu'elle n'était pas aussi ef-
froyable qu'il le prétendait; qu'une

malheureuse ressemblance avec le cousin Pieffin était surtout ce qu'il trouvait de désagréable en elle ; mais qu'avec moins de préventions, on eût pu être moins choqué de sa figure.

Elle entrait dans sa treizième année : c'était le beau temps du mélodrame. Cette *branche de littérature*, comme l'appellent quelques auteurs du genre, a une très-grande influence sur le petit peuple qui en est avide. Ce fut à ce spectacle que notre héroïne acheva de perdre le peu de bon sens que la lecture des romans avait laissé dans sa tête. Elle vécut au milieu du monde sans le comprendre. Tous les gens qu'elle voyait n'étaient à ses yeux que des êtres insignifians, sans passions, sans vertus et sans vices. Elle ne se figurait l'amour qu'avec les grands *hélas !* les persécutions, les enlèvemens et les invocations aux dieux protecteurs de l'innocence. Elle croyait que les honnêtes gens se connaissaient infailliblement à des tirades sur la vertu, et les méchans au fameux *dissimulons* : toutes notions du monde moral aussi justes et aussi exactes que celles qu'on peut prendre aujourd'hui du monde physique, dans les décorations des ouvrages du même genre.

## CHAPITRE III.

### Julien, les premières amours.

J'AI parlé du faible de M. Dumouchel pour l'aristocratie ; Jacques Mordoré s'était montré avec fureur dans le parti contraire : il avait même exercé des fonctions importantes dans sa section, et occupé un grade dans la

garde nationale. Ajoutez à cela que
M. Dumouchel était devenu pauvre,
et que Jacques Mordoré avait fait de
bonnes affaires dans son commerce
d'ébénisterie. Pour peu que vous ayez
étudié le cœur humain ailleurs qu'à
l'*Ambigu-Comique*, vous compren-
drez sans doute que les deux voisins
n'étaient plus guère amis.

L'imagination de Saphorine, sans
cesse exaltée sur les infortunes d'héroïnes chimériques, demanda enfin
des aventures et l'intérêt des cœurs
sensibles pour son propre compte. Il
lui parut beau de devenir une héroïne
à son tour. Elle avait seize ans, de la
grâce, une taille délicieuse, et dans
les regards une expression de mélan-
colie qui donnait je ne sais quel charme
à sa laideur même. Elle voyait bien,
à la manière dont les hommes com-
mençaient à la regarder, que son mo-

ment était venu ; elle résolut de ne le point passer dans une oisive et morne indifférence.

Ayant donc jeté les yeux autour d'elle, Julien, fils de Jacques Mordoré, lui parut le seul être avec qui elle pût faire une passion décente, c'est-à-dire, mêlée de mystère, de craintes, et de quelques tribulations. La conclusion n'était pas ce qui la tentait le plus; elle ne la voyait même pas, ou la voyait du moins dans un tel éloignement, que sa vertu n'avait pas lieu de s'en effaroucher. Et je dis vertu, dans la plus étroite acception du mot. Sa mauvaise éducation avait gâté sa tête ; mais pour son cœur, il tenait de si heureuses qualités de la nature, que le vice n'y avait jamais pu jeter de racines. Pourquoi ne se conduisit-elle pas toujours par son cœur?

Julien était bon, simple ; il avait

dix-huit ans, et, bien qu'il fût étranger
aux idées romanesques de Saphorine,
les œillades de celle-ci ne demeurèrent
pas long-temps sans effet sur son cœur :
il en devint éperdument amoureux.
Comme tous les gens de son âge, brûlant de se faire entendre, il avait plus
de crainte encore de compromettre
l'objet de sa tendresse, et ses précautions timides firent enfin ce qu'il est
rare qu'elles manquent de faire ; elles
le trahirent. N'osant se présenter chez
M. Dumouchel, il passait et repassait
cent fois par jour devant sa boutique,
en regardant la croisée où Saphorine
travaillait avec sa mère. Elle voyait
ses démarches avec ravissement, et ne
les perdait pas de vue. Les voisins s'en
aperçurent. Le plus méchant de tous,
le cordonnier Galipot, se mit à épier
les pauvres enfans, pour surprendre
dans leur commerce quelque chose de

plus positif, et en instruire leurs parens, après s'être donné le plaisir d'en
rire avec ses amis.

## CHAPITRE IV.

Le poulet. Mouvement obscur dans le cœur
de l'héroïne.

Il y a, dit-on, un dieu pour les
amans ; je suis bien plutôt tenté de
croire qu'il y a un démon dont toute
l'occupation est de leur nuire, quand
je considère avec quelle promptitude
le secret de leur intelligence est toujours éventé, et de combien peu de
repos ils jouissent dès qu'ils ont eu ce
malheur. Si vous ajoutez qu'ils finissent
tous par l'infidélité, le dégoût ou l'hy-
men, répondez-moi, bénévole lecteur, est-ce du ciel ou de l'enfer que
leur vient leur ivresse ?

Il n'y avait pas quinze jours que Julien et Saphorine échangeaient de tendres regards, quand ils se virent frappés de leur premier revers. Le fils de Jacques Mordoré avait appris que Saphorine et sa mère devaient aller à l'*Ambigu-Comique*. Il résolut de profiter de l'occasion : il écrivit une lettre bien longue et bien passionnée, où, après s'être excusé de la témérité de ses feux, il déclarait qu'il renoncerait plutôt à la vie qu'au bonheur d'en sentir son cœur consumé, et où, avec l'éloquence qui est à l'usage de l'ébénisterie, il demandait à Saphorine, non de partager ses tourmens, mais au moins de les vouloir bien prendre en pitié.

Madame Dumouchel et sa fille s'étaient placées au *pourtour*, et Julien au parterre, tout-à-fait en face d'elles. Tant que dura la représentation, il

ne fit que montrer sa lettre, la faisant
à chaque instant passer d'une poche
dans l'autre , la baisant même quelquefois dans le passage ; et avec cette
adresse que mettent les amans à tout
ce qu'ils font , c'est-à-dire , de façon
à se faire remarquer de tout le monde.

Madame Dumouchel ne s'aperçut
de rien cependant. L'héroïne de la
pièce qu'on représentait était une honnête femme d'épouse qui avait donné
un héritier apocryphe à son mari.
Cette digne créature était peinte sous
les couleurs les plus aimables et les
plus intéressantes ; il s'en fallait même
bien peu que ce ne fût le mari qui parût coupable. Or , on sent combien
une production si morale devait toucher la mère de Saphorine , et la
rendre attentive.

Le spectacle fini , Julien se jeta
promptement dans la foule , où il lui

était facile de joindre l'objet de ses vœux sans être remarqué. Il tenait sa lettre, prêt à la donner dès qu'il y verrait jour. C'est un grand inconvénient que le défaut d'habitude dans toute espèce d'entreprise. Saphorine avait une main pendante, rien n'était plus aisé que de lui glisser le poulet : mais elle ne regarda pas Julien ; elle avait l'air d'être occupée ailleurs ; et cet air d'indifférence le déconcerta au point qu'il n'osa pas donner plus de suite à son dessein. La foule s'écoula ; il se trouva bientôt dehors, à la vue de tout le monde, et forcé de se tenir éloigné à cause de madame Dumouchel, dont il craignait d'éveiller le soupçon.

Il suivit Saphorine de loin, lui montrant toujours son papier, et elle tournant toujours la tête vers lui, apparemment sans intention, peut-être aussi

pour l'encourager. Si j'avais le talent
de nos dames hommes de lettres,
pour analyser et définir les mœurs si
obscures, les mouvemens si impercep-
tibles de la coquetterie et du sentiment dans un cœur sensible, je ris-
querais de dire ce qui en était au juste;
mais n'étant qu'homme, n'ayant,
pour pénétrer ces délicates obscurités,
que de grossiers organes, je me borne
au détail des mouvemens extérieurs,
laissant à la sagacité de mes lecteurs,
et mieux encore de mes lectrices, le
soin d'en découvrir ou d'en interpré-
ter les causes.

## CHAPITRE V.

### Catastrophe.

De retour chez son père, Saphorine, sous le prétexte de la chaleur, ouvrit la croisée de la boutique et s'assit tout auprès. Julien, qui ne s'était pas pressé de rentrer, s'en aperçut. Le cœur lui battit violemment. « Est-ce » pour moi, se dit-il, ou n'est-ce » qu'un effet du hasard ? » Il fit quelques pas pour savoir à quoi s'en tenir, et passa devant la fenêtre en se frappant la bouche de sa lettre. « Viens, » mon amour, viens, toi que j'aime » de tout mon cœur ! » s'écria Saphorine très-distinctement. Je dois me hâter de dire qu'elle parlait à un chat, pour prévenir le reproche d'effronterie que murmure déjà quelque belle

dame. Julien ignorait cette circonstance ; il s'approcha et présenta sa
lettre. La preuve que Saphorine ne
l'avait pas pour objet dans les paroles
qu'elle venait de prononcer , c'est
qu'elle ne répondit pas au geste qu'il
lui faisait, et qu'elle continua de parler
à son chat. « Sur la fenêtre, dit-elle ,
» sur la fenêtre ; » entendant par là
que l'animal y montât, pour recevoir
et rendre plus commodément les caresses accoutumées.

Voyez un peu ce que c'est que la pré-
vention : Julien crut encore que c'était
à lui qu'elle parlait, et il posa en conséquence sa lettre sur la fenêtre. Par
un mouvement sans doute involontaire, Saphorine avança la main pour
la prendre ; mais le voisin Galipot ,
sortant brusquement de son allée ,
s'en saisit avant elle ; et la présentant
à M. Dumouchel , qui était avec sa

femme dans le fond de la boutique :
« Il y a trop long-temps que cela dure,
» dit-il, et en conscience on doit vous
» en instruire. Tenez, voilà une lettre
» que Julien vient de donner à votre
» fille, sous vous yeux-mêmes. »
Après quoi il rentra chez lui en ri-
canant ; et le pauvre Julien, cédant
à un premier mouvement de frayeur,
s'enfuit à toutes jambes.

Qu'on se figure, s'il est possible,
l'indignation et la douleur de Saphorine, la surprise de sa mère, et surtout la fureur de M. Dumouchel ! Il
exécrait la pauvre petite ; il ne laissa
pas échapper une si belle occasion de
donner carrière à son ressentiment. Il
y a comme cela une foule de pères
et de maris qui ne demanderaient pas
mieux que de trouver leur femme ou
leur fille *in delicto flagrante*, pour

pouvoir sévir à leur aise , et avec une apparence de justice.

La pauvre enfant fut traitée avec la dernière violence , injuriée , battue , et jetée sans pitié à la porte , malgré l'heure déjà avancée.

Ce qu'il y eut de plus singulier dans cette aventure , c'est que sa mère , qui l'aimait tant , ne dit pas un mot en sa faveur. En cherchant à m'expliquer une si étrange conduite par des conjectures tant soit peu vraisemblables , je n'ai pu m'arrêter qu'aux deux suivantes. Ou madame Dumouchel , se rappelant ses torts personnels , et voyant l'exaspération de son mari , fut trop effrayée de ce qu'elle en avait à craindre pour elle-même ; ou , comme le faux rapport du voisin Galipot le lui fit croire , le commerce de sa fille et de Julien durant depuis long-temps , elle fut trop offensée de n'en avoir point été la confidente.

Je ne dis pas que cette dernière
considération fut la plus puissante sur
son esprit ; mais j'en appelle à de certaines mères des raisons qu'on pourrait avoir d'en douter.

**FIN DU SECOND LIVRE.**

# SAPHORINE.

## LIVRE TROISIÈME.

*Six semaines. Quelles suite peut avoir une seule démarche imprudente.*

How art thou lost!
MILTON.

Ah ! dans quelle ruine
Un matin, un instant, t'a-t-il précipité !
*Traduction de* DELILLE.

## CHAPITRE PREMIER.

Le premier pas dans le monde.

QUAND Saphorine se vit ainsi dehors, sans asile, sans ressource, elle s'abandonna aux plus tristes réflexions. Ce n'était pas là une infortune de mélodrame ou de roman, embellie par la

perspective : c'était une position bien
réellement fâcheuse , un embarras
tout positif et tout immédiat. Où se
réfugier? Comment éviter les insultes
et les brutalités de gens grossiers et
sans respect pour les délicatesses d'une
héroïne, tels qu'on en rencontre dans
Paris à pareille heure. Les rodeurs de
nuit , les filous , les patrouilles , tout
lui paraissait également redoutable.
Elle frémissait de toutes les forces de
son âme , à ce premier aspect du
monde tel qu'il est en effet. Dans son
effroi , elle ne pouvait se décider à
faire un pas. Le silence , l'obscurité
donnaient un air si nouveau à des lieux
qu'elle fréquentait pourtant habituellement , qu'à peine les reconnaissait-
elle. M. Dumouchel avait fermé sa boutique. La crainte d'un traitement semblable à celui qu'elle venait d'essuyer,
l'empêcha d'y frapper et de demander

grâce ; mais elle s'en approcha , s'assit sur le pas de la porte en pleurant ,
résolue d'attendre le jour dans cet
unique refuge où il lui sembla que sa
faiblesse eût encore un peu de protection à espérer.

Comme elle en était là , déplorant
la fatalité de l'événement qui causait
son malheur , elle vit quelqu'un marcher dans l'ombre avec précaution et
inquiétude. L'inconnu semblait se di-
riger vers elle ; la terreur glaça ses
sens ; il s'approcha : c'était Julien.
« Est-ce vous ? lui demanda-t-il ;
» quoi, dans la rue, dans la rue à
» cette heure-ci ! et dans quel état,
» bon Dieu ! »

La pauvre enfant était en effet éche-
velée et toute sanglante. Ses pleurs recommencèrent à couler. Elle reprocha
à Julien son imprudence , et lui raconta tout ce qui l'avait suivie. Il vou-

lut appeler M. Dumouchel, dans la chambre duquel on voyait encore de la lumière, lui représenter son injustice, s'accuser et dire toute la vérité : car M. Dumouchel, un peu pressé de céder à sa colère, n'avait lu que les premières lignes de la lettre de Julien, et l'avait après mise en pièces, croyant y avoir trouvé des preuves suffisantes de la culpabilité de sa fille.

Les idées romanesques reprenant le dessus dans l'esprit de Saphorine, elle s'opposa au dessein raisonnable de Julien, alléguant le scandale qui ne manquerait pas de résulter du bruit qu'il voulait faire, la joie odieuse et cruelle qu'en éprouverait le cordonnier envieux, que, dans son indignation, elle appelait l'*infâme* Galipot ; enfin, elle déclara résolument qu'elle attendrait le jour sur le seuil de la porte, et qu'elle se présenterait le

lendemain devant ses parens dans l'é-
tat où une pareille nuit l'aurait mise :
intention fort dramatique assurément ;
mais entre ce qui est dramatique et ce
qui est sensé , il y a quelquefois une
très-grande différence.

Julien était désolé. Le voisin Galipot
qui ouvrit sa croisée en ce moment,
fit brusquement changer de résolution
à Saphorine. Elle eut horreur de donner sa détresse en spectacle à *l'infâme,*
et s'éloigna au plus vite. Julien la suivit.
L'entretien fut vif et tendre : beaucoup
de larmes y furent répandues et es-
suyées en commun. En demandant
pardon de son imprudence , Julien
acheva la déclaration que sa lettre avait
commencée ; Saphorine l'entendit sans
colère ; et l'amour des pauvres enfans
fut plus avancé en un quart d'heure ,
qu'il ne l'eût été en un an , si M. Du-

mouchel eût gardé un peu plus de modération.

Cependant, ils avaient fait du chemin sans s'en apercevoir. Ce fut une
patrouille de ces soldats rouges, qui
faisaient alors le service de Paris alter-
nativement avec les verts, qui les rap-
pela à eux, en leur demandant où ils
allaient. Saphorine se troubla comme
une coupable : Julien, qui avait une
meilleure tête, ouvrit les yeux : il re-
connut qu'ils étaient à la porte Saint-
Martin. « Nous allons chez la veuve
» Froment, à l'auberge de l'Écu de
» France, » répondit-il; et la patrouille
les y accompagna.

Madame Froment était une cousine
germaine de Jacques Mordoré; elle
reçut son petit cousin ; les soldats s'é-
loignèrent, et Julien demanda une
chambre où Saphorine pût passer la
nuit.

━━━━━━━━━━━━━━━━━━━━━━━━━━━━━━━━━━━━

## CHAPITRE II.

Continence de deux amans ; les mouches de
nuit ; dissertation de corps-de-garde sur la
liberté.

La veuve Froment montra quelque
surprise de voir son petit cousin si tard
dans les rues, et avec une jeune fille,
qui semblait ne savoir pas où aller
coucher. Julien connaissait l'indiscré-
tion de cette femme ; il se disposait à
donner le change à sa curiosité par
quelque innocent mensonge, quand
Saphorine, pressée de jouer son rôle
d'héroïne, prit la parole et raconta de
point en point son aventure, affectant
le langage scénique, et n'appelant
l'aubergiste que *la bonne hôtesse*.

Madame Froment ne fut pas très-tou-
chée de la confidence : elle *dissimula*

cependant, et consentit à donner une
chambre à Saphorine. Julien l'y in-
stalla, y fit servir un petit souper; et,
grâce aux occupations de sa cousine,
eut près d'une heure de tête-à-tête
avec sa gentille maîtresse.

Les deux pauvres enfans furent plus
sages et plus réservés, que si l'âge et
l'expérience les eussent éclairés sur le
péril où était leur vertu. Les soupirs et
les larmes furent la seule volupté qu'ils
se permirent. C'était aussi la plus conforme aux goûts de Saphorine, pour
qui le libertinage n'avait aucun attrait.

Il fallut enfin se quitter. Julien con-
traignit Saphorine de prendre sa montre, une petite bague et le peu d'argent
qu'il avait sur lui; la conjurant de res-
ter dans cet asile jusqu'à ce qu'il l'eût
réconciliée avec ses parens. C'était en
effet ce qu'il y avait de plus pressé à
faire; et la chose ne présentait même

pas de grandes difficultés. M. Dumouchel était bon; il sentait dans son
cœur certain regret de sa vivacité; et
il fût aisément venu à composition.
Mais Saphorine était sans doute desti-
née à servir d'exemple aux jeunes filles
qui s'abandonnent trop indiscrètement
au désir d'intéresser et de faire de l'é-
clat; et les sages intentions de Julien
demeurèrent sans effet.

Comme il regagnait le faubourg
Saint-Antoine, marchant fort vite, à
cause de l'inquiétude où il supposait
ses parens, deux hommes de mauvaise
mine l'arrêtèrent au Pont-aux-Choux.
Ils se dirent officiers de police; et, en
cette qualité, lui firent plusieurs questions. Il refusa net d'y répondre, n'ima-
ginant pas qu'un citoyen paisible, et
qui ne fait de tort à personne, pût,
dans un état bien réglé, être détourné
de ses affaires, et soumis à une enquête

sous le bon plaisir de gens de cette
sorte. Il se trompait. Les mouches-
de-nuit sont à Paris une autorité fort
respectable , et fort redoutable surtout.

. . . . . On le lui fit bien voir.

Les sbires l'entraînèrent au corps-
de-garde appelé aujourd'hui *poste du
Château-d'Eau*, où, après d'assez
rudes traitemens, ils le déposèrent
comme vaurien, et enjoignirent au
commandant de le conduire à la terrible *Préfecture de police*.

« Ne suis-je donc pas Français et
» citoyen libre ? » dit avec chaleur
Julien, qui se sentait un peu d'être né
en révolution. « Assurément, vous êtes
» libre, répondit le commandant.
» Mais, jeune homme, commencez
» par ne pas parler si haut dans un
» corps-de-garde. La liberté demande
» à être contenue dans de certaines

» limites, pour ne pas dégénérer en
» licence. On va vous retenir quelques
» jours en prison ; ce n'est pas agréa-
» ble, j'en conviens ; mais, vous avoue-
» rez aussi que c'est bien le moins qui
» puisse arriver à un homme que mes-
» sieurs les officiers de police ont
» trouvé suspect. Pourquoi n'avez-
» vous pas traité avec eux de votre
» rançon ? ils relâchent tous les jours
» des voleurs à cette condition ; et
» sans doute ils n'eussent pas été moins
» accommodans pour vous, qui pa-
» raissez honnête. — Il aurait fallu
» avoir de l'argent, s'écria Julien. —
» Quoi ! vous n'avez pas d'argent, re-
» prit le commandant, et vous parlez
» de liberté ! Vous êtes fou, mon bon
» ami. Vous ne savez donc pas que,
» sans acheter un passe-port, la liberté
» de vous transporter d'un endroit à
» un autre vous est interdite ; que celle

» d'introduire chez vous la lumière du
» ciel par quelques carreaux de vitre,
» et tant d'autres non moins innocen-
» tes, ne sont permises qu'en payant?
» Allez, allez, vous serez moins exi-
» geant quand vous aurez respiré
» quelques jours l'air de la Préfecture.»
Et on y emmena Julien.

Qu'on se représente son désespoir.
Ce terme de quelques jours le faisait
frissonner. Comme il n'avait pas de
quoi payer une chambre particulière,
on le mit dans une salle basse, infecte
et dégoûtante, avec un ramas de ban-
dits, hôtes bien dignes d'un tel séjour:
il y entendit des discours abominables
qui, dans tout autre temps, l'eussent
pénétré d'horreur, mais auxquels il
ne donna alors qu'une attention secon-
daire et sans suite. Saphorine était
l'unique objet de ses pensées. Que di-

rait la pauvre enfant en ne le voyant pas le lendemain ? quelle serait son inquiétude ?

Il aurait bien voulu lui écrire ; mais il craignait toujours de la compromettre. Il ne pouvait pas le faire, d'ailleurs, avant que son père, instruit de son aventure, lui eût fait tenir de l'argent. Dans ce temps-là, la Préfecture de police de Paris était le lieu du monde où le papier se payait le plus cher, et où un honnête homme était le moins exposé à manger son bien sur parole.

Après avoir passé la nuit dans les plus tristes réflexions, l'amant de Saphorine vendit sa cravate à l'un de ses honnêtes compagnons d'infortune ; et du prix qu'il en tira, il put heureusement se procurer ce qu'il lui fallait pour écrire à son père, et payer la commission du concierge qui eut l'extrême obligeance de mettre sa lettre à la poste.

~~~~~~~~~~~~~~~~~~~~~~~~~~~~~~~~~~

## CHAPITRE III.

Surprise que cause la bonne hôtesse à notre héroïne ; la Préfecture, le cabaret, la gargotte.

LA lettre de Julien, en calmant l'inquiétude de son père, indigna cependant le brave homme. Il se mit de suite en devoir de le réclamer ; mais non sans crier à la tyrannie, et sans proférer quelques imprécations dans le vieux style républicain. Comme il sortait, la veuve Froment entra, et lui apprit que le jeune homme avait amené la veille, dans son auberge, une petite fille dont il paraissait fou : elle nomma Saphorine, et rapporta tout ce que l'imprudente lui avait dit. La colère

de Jacques Mordoré changea d'objet à
ces paroles : il ne se plaiguit plus de
la violence qui avait été faite à son fils ;
il en fut charmé, au contraire ; et jura
qu'il le laisserait en prison jusqu'à ce
qu'il eût renoncé à une passion si ridicule : ne donnant plus que le nom de
*protectrice* à une autorité dont, quelques momens auparavant, il avait dé-
testé l'arbitraire. Tant il est vrai que
notre manière de juger des choses
reçoit toujours quelque modification
du rapport présent de nos intérêts
avec elles.

On parlait beaucoup, dans le quartier, des amours de Julien et de Saphorine, de la catastrophe qui en était
résultée ; mais, comme en semblables
affaires il arrive souvent que les plus
intéressés sont les derniers instruits,
Jacques Mordoré et sa femme n'en sa-
vaient encore rien. Quelques com-

mères furent appelées ; on leur demanda des renseignemens ; elles n'en
furent point avares ; et il demeura
patent que la pauvre Saphorine était
seule coupable. C'est tout simple, elle
était la plus faible. Malheureuse enfant! c'était elle qui, dans son inquiétude, avait prié madame Froment de
faire une visite aux Mordoré.

« Eh bien, *bonne hôtesse*, lui dit-
» elle à son retour, quelles nouvelles
» m'apportez-vous? --La nouvelle que
» vous n'êtes qu'une petite effrontée,
» lui répondit la veuve, et qu'il faut
» à l'instant sortir de ma maison. »
Elle se mit à lui raconter alors ce
qu'elle avait appris, et la rumeur du
quartier, et l'indignation de la famille
Mordoré, et l'emprisonnement de Julien, que son père prolongerait jusqu'à ce qu'il fût guéri de son ridicule
amour, et beaucoup d'autres choses

qui n'étaient pas vraies, mais qu'elle croyait pouvoir risquer dans l'intérêt de ses parens, et pour les sauver de ce qu'elle appelait une *alliance disproportionnée.*

Le coup était douloureux et imprévu ; Saphorine commençait son roman par des incidens un peu brusques et un peu désastreux. Elle se jeta aux pieds de l'aubergiste, les arrosa d'un déluge de larmes, et la conjura *au nom du ciel, vengeur du crime et protecteur de l'innocence,* d'avoir pitié de sa jeunesse et de ses peines. Madame Froment fut inexorable ; elle la mit dehors par les épaules, et commanda à ses servantes de ne la pas laisser rentrer. Il fallut céder. Mais que faire ? quel parti prendre ? L'éclat qu'avait eu son aventure dans le faubourg Saint-Antoine, ne lui permettait plus de retourner chez son père ;

la captivité de Julien la laissait sans
protecteur, et la dureté de madame
Froment sans asile. Heureusement
quand on a lu beaucoup de romans
et vu jouer beaucoup de mélodrames,
on ne se laisse pas facilement abattre
à l'adversité. La conformité que Saphorine trouvait entre sa situation et
celle de tant d'héroïnes sur l'infortune
desquelles elle avait vu sangloter tout
le Marais, la flattait secrètement, et,
en élevant son âme, lui donnait du
courage. Elle se fit enseigner le chemin
de la Préfecture de police. Madame
Froment lui avait dit que c'était là que
Julien était enfermé; elle se hâta de
s'y rendre.

Elle n'avait jamais vu la Préfecture
de police; elle ne fut pas contente de
cette prison. Son imagination la lui
avait peinte tout différemment : un lieu
solitaire et sauvage, une tour élevée

au pied de laquelle on pût chanter la tendre romance, quelque crevasse commode par où passer et recevoir des lettres, des grilles, des chaînes, des portes de fer en ogive, des ponts-levis et des herses, des sentinelles et des geôliers hideux, grossissant leur voix, et faisant résonner les *r* pour donner de l'énergie à leur prononciation ; voilà ce qu'elle s'était figuré : car elle n'avait pas vu autre chose à *l'Ambigu-Comique*.

Que trouva-t-elle au lieu de ce tableau si pittoresque et si romantique? Un quartier populeux et vivant, une maison de l'aspect le plus bourgeois, où l'on pénétrait sans la moindre difficulté; des bureaux encombrés de monde; chacun occupé de soi, et pas du tout des autres; des soldats tout-à-fait bons princes, dont le regard libertin agaçait les jeunes filles, mais n'épiait pas leurs démarches ; enfin, de la réalité sans doute, mais pas le moindre caractère de vraisemblance. Et c'est encore l'opinion qu'elle doit avoir aujourd'hui des débordemens, des fontes de neige dans les montagnes, des naufrages, de la foudre et du lever du soleil ; si elle les exige de la nature tels qu'elle les voit représentés par nos machinistes et nos peintres de théâtre, lesquels paraissent animés de la noble émulation de nous donner au moins en parodie ces grands et sublimes effets que la faiblesse de leur art ne saurait imiter.

Toute contristée d'un tel désappointement, elle entre dans un cabaret voisin pour manger un morceau, car elle avait faim ; besoin brutal et ignoble où elle regrettait bien que l'humanité fût condamnée. Ce qui l'humiliait surtout, c'était la nécessité

de demander par leur nom les mets
vulgaires dont le mauvais état de ses
finances l'obligeait de faire sa nourriture. Après son repas, aussi léger qu'il
est possible à une héroïne de le faire,
elle demanda si l'on aurait une chambre à lui donner pour quelques jours,
tâchant, par ses manières nobles et
mélancoliques, de faire croire aux
gens qu'elle était une infortunée de
distinction qui courait les cabarets
*incognito.* « Allez à la gargotte ici à
côté, lui répondit une grosse réjouie
de servante, qui ne jugeait de la qualité des gens qu'à la dépense qu'ils faisaient, peut-être vous y recevra-
t-on. »

La dénomination de *gargotte*, et
cette sorte de doute qu'on pût même
l'y recevoir, blessèrent sensiblement
la délicate Saphorine. Elle s'y présenta
néanmoins, et ayant mis beaucoup de

4*

douceur et de modestie dans sa re-
quête, on lui fit voir, au cinquième
étage, un petit cabinet assez mal-
propre dont elle s'accommoda, dans
la crainte assez raisonnable d'être réduite à pis encore.

## CHAPITRE IV.

Industrie de Saphorine pour vivre; nouvel
accident.

SAPHORINE eut bientôt épuisé le peu
d'argent que Julien lui avait laissé ;
car, bien que sa mère lui eût ensei-
gné le métier de couturière, et qu'elle
en eût pu tirer quelque secours, elle
ne faisait rien. Et comment, en effet,
s'abaisser à de si viles occupations, et
compromettre sa dignité de prin-
cesse infortunée auprès des personnes
dont elle eût reçu un salaire? Elle prit

un parti qui lui parut beaucoup plus convenable. Elle avait une jolie voix; elle se mit à chanter le soir au coin des rues, couverte d'un grand voile blanc, tirant ainsi sa subsistance de la commisération publique, sans déroger à son personnage. Que si quelqu'un la blâme sous prétexte qu'il est plus honnête de travailler que de demander l'aumône, les opinions sont libres; mais à coup sûr, ce quelqu'un-là n'a aucune idée du *genre romantique*.

Cependant, elle fut obligée de vendre la montre et la bague, doux gages de l'amour de Julien, de ce Julien dont elle n'avait point de nouvelles, et qu'elle désespérait presque de revoir, puisque son père le devait retenir en prison tant qu'il serait fidèle; et qu'il deviendrait indigne de ses regards s'il pouvait changer. Elle passait néanmoins la plus grande partie

de ses journées à explorer les environs
de la Préfecture et du faubourg Saint-
Antoine ; mais sans aucun heureux ré-
sultat.

L'espèce des princesses mendiantes
et chantantes s'était considérable-
ment accrue depuis quelque temps, et
les passans n'en avaient plus pitié. Le
métier était mauvais. Saphorine commença à ouvrir les yeux sur sa faute,
et à sentir que, puisqu'elle était née
dans une condition obscure, il était
peu sensé à elle d'avoir été chercher
des modèles parmi les héroïnes des
romans et des mélodrames, qui peut-
être elles-mêmes n'avaient pas de modèles dans la nature. Elle regretta
ses erreurs, et sut mauvais gré à sa
mère surtout d'avoir ainsi égaré son
imagination et corrompu son jugement.

Mais le premier pas était fait, ce

fatal premier pas sur lequel il est si difficile de revenir, et la pauvre Saphorine en avait encore bien d'autres conséquences à essuyer : les inquiétudes, la fatigue, la faim, altérèrent peu à peu sa santé.

Un soir elle s'arrêta sur le pont Saint-Michel, et chanta la romance suivante qu'elle avait apprise je ne sais où. Je la rapporte, moi, pour faire voir que les prédicateurs ne sont pas les seuls dont les mœurs démentent quelquefois la morale.

### ROMANCE.

SIMPLE et naïve bergerette,
Crains l'amour et ses doux attraits :
Déjà le perfide te guette,
Il prépare déjà ses traits.

Son air est doux, sa voix est tendre,
Dès qu'on le regarde, il séduit ;
Mais malheur à qui l'ose eutendre :
Il approche, frappe et s'enfuit.

Près de la fleur nouvelle éclose,
Ainsi folâtre le zéphyr;
Il abandonne ainsi la rose
Pour lui prompte à s'épanouir.

N'écoutez point ces dieux perfides,
Rose, fillette, tendres fleurs;
Ils riront de vos pleurs timides,
S'ils ne pleurent de vos rigueurs.

Il pleuvait; elle chanta plus de deux heures sans recueillir la moindre aumône. Un malaise inconnu l'accabla soudain; elle s'évanouit bientôt, et demeura long-temps sans connaissance. Quand elle revint à elle, elle se trouva couchée dans une vaste salle garnie d'un grand nombre de lits. Elle demanda où elle était; on lui dit qu'elle était à l'*Hôtel-Dieu*.

## CHAPITRE V.

La médecine d'alors; reproche à quelques
médecins d'aujourd'hui.

Trois systèmes fameux partageaient
alors notre faculté de médecine en
trois espèces de sectes ; et, bien qu'ils
ne fussent pas nouveaux, trois hommes de génie, qui les professaient
avec l'empire du talent et de la re-
nommée, leur rendaient un crédit
que reprennent rarement parmi nous
les doctrines tombées en désuétude.
Je n'en expliquerai point les diverses
théories, parce que cette histoire n'est
pas un livre de médecine; je me bor-
nerai à les faire connaître par leurs
procédés, qui étaient très-absolus et
très-exclusifs selon l'usage constant
des sectes et des partis.

Ceux qui suivaient le premier saignaient, les autres purgeaient, et les troisièmes attendaient. On ne pouvait pas turlupiner ceux-là de ce vers si connu de notre premier satirique :

L'un meurt vide de sang, l'autre plein de séné.

Mais j'ai ouï dire que la mort venait quelquefois surprendre leurs malades pendant qu'ils attendaient, ce qui ne laissait pas que d'avoir aussi son côté plaisant.

Molière eût encore pu trouver à rire des médecins de ce temps-là.

Aujourd'hui c'est tout différent; ils sont si sages, si mesurés, si peu systématiques, si peu téméraires, si peu distraits, si peu négligens, si peu susceptibles des faiblesses humaines, que la critique est enfin réduite au silence; et que moi, qui peut-être ai déjà blessé tant de gens de l'audacieuse liberté de mes réflexions, je ne trouve qu'un seul reproche à leur faire. Et quel reproche encore? une baga-telle qui n'est pas le tort du corps en-tier, mais seulement de quelques-uns de ses membres. Il est vrai qu'ils tien-nent rang parmi les illustres, mais ce n'est qu'un motif de plus pour par-ler hardiment. Si le succès le plus flatteur pour un moraliste est de dé-truire les vices qu'il combat, quand peut-il plus raisonnablement l'espérer que quand il s'adresse à des hommes éminens par leurs lumières et par la considération publique?

Ils passent donc pour affecter une franchise dure et barbare, laquelle contraste malheureusement avec leur ministère, qui semble être tout de bien-veillance et d'humanité. On en a vu déclarer froidement à un malade que son état était désespéré; qu'il fallait qu'il se résignât à en mourir, et dans un terme même que leur cruelle prévoyance lui fixait. J'avoue que je n'ai pas entendu dire qu'ils se rendissent coupables de cette cruauté envers les riches; il paraît qu'ils la gardent pour les pauvres, gens indiscrets quand ils souffrent, et qui quelquefois prennent la licence de les importuner.

Or, à quoi attribuer une telle conduite? Est-ce à l'avarice, ou au charlatanisme, ou à l'ignorance?

Il ne serait pas trop contraire à la vraisemblance de les supposer fâchés de donner à bas prix un temps et des avis payés habituellement fort cher.

Peut-être pourrait-on dire aussi que, par cette espèce de divination, ils affectent une supériorité marquée sur les praticiens vulgaires, lesquels ne sont ni assez riches, ni assez fa-

mieux pour se la permettre, toute facile qu'elle est.

Je crois cependant qu'on leur ferait
tort en raisonnant ainsi, et j'ai trop
bonne opinion d'eux, pour ne pas
attribuer à la seule ignorance, un
vice si opposé à leur caractère.

En effet, ils connaissent le cœur humain, matériellement parlant : ils en
ont étudié, dans le plus grand détail,
l'organisation, la substance, la forme,
les fonctions; rien ne leur est plus fami-
lier que ses *ventricules*, ses *oreillettes*,
sa *capsule* et sa *cloison;* que ses mouvemens de *sistole* et de *diastole* : ils
savent au juste quelle est sa force, en
combien de minutes une masse de
sang égale au poids du corps y peut
passer, et tant d'autres merveilles plus
ou moins admirables. Peut-être sont-
ils instruits même du rôle qu'il joue
dans la fièvre et l'apoplexie. Mais ce

qu'ils ignorent bien évidemment, selon mon opinion du moins, ce sont
les facultés morales dont il est encore
le siége; ce sont les sentimens, les
passions qui s'y réfugient : ils ne savent point comment, semblable à la
boîte de Pandore, il retient, jusqu'au
dernier de ses battemens, l'espérance,
la douce espérance qui calme et en-
dort nos maux, quand le sang qu'il
précipite dans nos artères les brûle
et les dévore.

Ils l'ignorent, rien n'est plus certain; et l'on sent que s'ils en avaient
la moindre idée, ils trouveraient plus
humain d'ouvrir eux-mêmes les veines
d'un malheureux, que de le plonger
inutilement dans les horreurs d'une
agonie lente et anticipée.

On verra si le jugement que j'en
porte est faux. Les voilà avertis. C'est
à eux de se corriger; autrement je les

abandonne, et les tiens pour les plus inflexibles et les plus durs des hommes.

Il me reste à demander pardon à mes lecteurs de m'être jeté dans une digression aussi sérieuse. Il faut un peu de tout dans un livre, comme dit, je crois, Horace ; et je ferai mes efforts pour que le chapitre suivant soit un peu moins lugubre.

## CHAPITRE VI.

Encore un Sangrado ; le topique ; la vieille aveugle.

LE médecin de la salle où l'on avait mis Saphorine était de la secte des piqueurs de veines, ennemi juré de tout purgatif, à la réserve pourtant de l'indigestion, dont il se permettait

quelquefois l'usage pour lui-même.
Mais du reste si ardent phlébotomiste,
qu'on l'avait vu dans mainte visite,
ordonner la saignée en passant devant
des lits où il n'y avait point de malades. « *Mittatur non solum illicò,*
» *sed etiam serò* (1) » s'écria-t-il en
voyant Saphorine. Le visage pâle et
et défait de la pauvre enfant, la faiblesse où une longue abstinence l'avait
mise, n'émurent pas la pitié du mo-
derne *Sangrado*, et l'ordonnance fut
écrite.

Heureusement des deux jeunes gens
qui suivaient sa visite, et qui avaient
charge d'exécuter ses arrêts, l'un ( le
chirurgien ) tenait pour la médecine
expectante, et l'autre (le pharmacien)
pour la détersive. Or, dans l'ardeur

---

(1) Qu'on la saigne non-seulement ce matin,
mais encore ce soir.

de s'instruire, et de mettre chacun sa théorie en pratique, ils prenaient quelquefois la licence, à l'insu du docteur, de transgresser ses ordres, et de faire pour leur compte de petits essais; fraude très-innocente sans doute, et dont tout l'inconvénient se réduisait à troubler un peu l'exactitude numérique des sujets dont le docteur pourvoyait la salle de dissection.

Le *topique* ( on donne ce nom, dans les hôpitaux, aux chirurgiens qui font le service des salles de médecine) était un jeune homme beau, bien fait, très-doux, et qui mettait beaucoup d'élégance dans son ajustement. Il témoigna dès la première vue de l'intérêt à Saphorine, lui fit plusieurs questions sur son état, et commença par lui remettre la peine à laquelle le sanguinaire docteur l'avait condamnée. Au lieu de lui ouvrir les veines,

il la mit à un régime confortatif qui
lui rendit en peu de temps la force et
la santé. Il riait souvent avec elle de
la bonne foi de l'Hippocrate qui or-
donnait à chaque visite de nouvelles
saignées, attribuant tout l'honneur
d'un si prompt rétablissement à l'efficacité de sa méthode.

Saphorine était charmée des procédés et des manières de ce jeune
homme. Elle aimait toujours son Julien ; mais elle ne pouvait s'empêcher
de lui trouver un ton et des façons un
peu vulgaires, quand elle le comparait à cet aimable enfant d'Esculape.
Elle aurait bien voulu aussi qu'il fût
*topique* au lieu d'être ébéniste, sug-
gestion fâcheuse de la vanité, et qui
l'entraîna dans une aventure bien singulière, et surtout bien funeste par
ses conséquences.

Il y avait dans la même salle que

Saphorine une vieille aveugle qu'on y gardait uniquement par faveur, car elle se portait bien ; et, dans les hôpitaux, on met les malades à la porte bien plus tôt avant qu'après le terme de leur convalescence. Cette bonne femme paraissait depuis quelques jours se prendre d'amitié pour Saphorine ; elle l'engageait à de petites promenades ; la louait sur la douceur de sa voix, sur son esprit, sur sa beauté même, et l'innocente goûtait sa conversation, lui trouvant un tact bien fin, et admirant surtout comme la nature dédommage dans leurs autres sens les malheureux qu'elle prive de la vue. Le fait est que la vieille n'était qu'une infâme corruptrice ; mais il faut plus de force et d'expérience que n'en avait notre héroïne pour se défier des louanges et des flatteries.

Le jeune topique était souvent mêlé

dans les discours de l'aveugle ; elle ne
tarissait pas plus sur ses belles qualités
que sur les perfections de Saphorine.
Le mot d'amour fut même une fois
risqué par la sorcière; mais sans application directe, et probablement dans
la seule vue de sonder le terrain. Un
nouveau roman paraissait commencer
dans toutes les règles, quand un inci-
dent en vint hâter la conclusion.

Le vieux curé de Sainte-Marguerite, qui visitait quelquefois les hôpitaux, rencontra un jour Saphorine à
l'Hôtel-Dieu. Après la première surprise, il lui apprit que sa mère avait
été désolée de sa fuite; que dans son
affliction elle s'était tournée vers la
piété, et qu'il la comptait au rang de
ses plus dévotes pénitentes. Il promit
à la pauvre enfant de la faire rentrer
en grâce auprès de ses parens si elle
voulait être sage. Elle promit tout.

Contente de ses premières aventures,
et peu curieuse d'en tenter de nouvelles, elle remercia le bon ecclésiastique de tout son cœur; mais quand il
fut parti, l'imprudente conta tout à
la vieille aveugle. Celle-ci, qui voyait
ses projets renversés par ce coup imprévu, en fut d'abord étourdie; cependant, comme elle était habile,
elle sut se rendre maîtresse de sa surprise et de son émotion, sans prononcer le fameux *a parte :* Dissimulons. Saphorine ne se figurait pas de
perfidie sans cet accessoire sacramen-
tel; elle lui continua sa confiance.

## CHAPITRE VII.

L'héroïne entre son salut et sa perte.

LE curé de Sainte-Marguerite revint deux jours après. La vieille avait
fait, pendant ce court intervalle, plusieurs tentatives auprès de Saphorine
pour la détourner de rentrer dans sa
famille. Mais j'ai dit que notre héroïne, tout égaré qu'était son esprit
par une mauvaise éducation, avait
cependant un bon cœur : elle fut
inaccessible à ces perfides insinua-
tions. Il tardait trop à la pauvre enfant de pouvoir se jeter aux pieds de
ses parens, et de leur demander pardon de ses fautes. Je dois cependant
ajouter, en fidèle historien, qu'elle
regrettait un peu aussi de quitter le
jeune topique, qui, pendant ces deux

jours, avait redoublé d'assiduité et de complaisance, et auquel d'ailleurs elle devait tant. Il faut qu'une jeune fille se défie de tout, et même de ses sentimens les plus généreux. C'est fâcheux, sans doute, mais cela ne saurait être autrement; et, par les dangers qu'il multiplie sans cesse autour d'elle, le ciel semble l'avertir de sa faiblesse, et lui dire que pour marcher, elle a besoin de guide et d'appui.

Le vieil ecclésiastique apportait de bonnes nouvelles à notre héroïne. M. Dumouchel consentait à la recevoir. Madame Dumouchel ne s'était pas d'abord montrée si facile, parce qu'une dévote, quelque indulgence qu'elle ait jamais eu à réclamer pour elle-même, n'en a ordinairement point pour les autres. Mais les exhortations du bon curé, le cri de la na-

ture que madame Dumouchel entendait au fond de son cœur non encore
endurci dans la dévotion, aplanirent
enfin les difficultés, et les articles venaient d'être ratifiés. Il ne s'agissait
que de savoir le jour où Saphorine
sortirait, afin qu'on la vînt prendre.
Le topique fut appelé : il répondit
que la convalescente recevrait son
billet de sortie quand on le désirerait ;
et la vieille aveugle le fit ajourner au
dimanche. On était au jeudi.

Pourquoi le bon prêtre n'usa-t-il
pas de son empire pour lui faire rendre ses habits, et l'emmener sur-le-
champ !

Le soir, comme Saphorine faisait
sa promenade accoutumée avec la
vieille : « Vous allez bien vous en-
» nuyer chez vos parens, lui dit celle-
» ci ; vous paraissez beaucoup aimer
» le spectacle, et à coup sûr votre

» mère n'y va plus depuis sa réforme.
» J'avoue que ce sera une grande pri-
» vation pour moi, répondit Sapho-
» rine, mais j'y suis résignée. J'ai
» envie de vous en procurer encore
» une fois le plaisir avant votre dé-
» part, ajouta la vieille. — Et le
» moyen? — Le moyen est bien sim-
» ple. Un de mes neveux, qui est
» figurant de danse à l'Opéra, doit
» m'apporter demain un billet. —
» D'Opéra! — Oui. Il m'en donne
» comme ça quelquefois pour nos
» jeunes messieurs, et ça me vaut
» quelques petites douceurs. — Ce
» serait charmant, sans doute, pour
» moi, qui ai si peu vu l'Opéra. Mais
» cela ne se peut pas; car comment
» sortir sans mes habits, et me mon-
» trer là seule? — Ce sont les plus
» petites difficultés du monde. Assu-
» rément, en vous faisant cette pro-

» position, je ne songe ni à vous faire
» sortir avec la blouse de la maison,
» ni à vous exposer sans compagnie
» dans un tel lieu. Le seul obstacle un
» peu réel, c'est votre jour de sortie
» que j'ai sottement fait remettre à
» dimanche; et le billet sera pour de-
» main. Il n'y a que M. D*** ( le to-
» pique ) qui puisse nous tirer d'em-
» barras. Je lui en parlerai. J'ai été
» jeune aussi, j'avais des yeux dans
» ce temps-là, et beaux, et doux,
» comme les vôtres. Je me serais
» passé de manger pendant huit jours
» pour aller à l'Opéra. Je suppose
» que vous êtes de même; c'est pour-
» quoi, avant que vous rentriez dans
» votre galère, mon amitié voudrait
» vous procurer ce plaisir. »

Elle ajouta à ce discours l'éloge de
la pièce, des acteurs, des danseurs,
des décorations. Elle vanta les belles

manières de l'assemblée : l'élégance
des dames, la galanterie et la politesse des messieurs. Bref, elle ne
quitta pas Saphorine qu'elle ne lui
eût enflammé l'imagination d'un désir si dangereux.

## CHAPITRE VIII.

Circonstances bizarres et particulières d'un
événement commun dans l'histoire des
jeunes filles qui n'ont pas de patience.

LA vieille vint le lendemain, de
bonne heure, au lit de Saphorine :
« Tout est arrangé, lui dit - elle,
» M. D*** aura la complaisance de
» vous accompagner à l'Opéra. Il ne
» fera signer votre sortie que pour
» dimanche ; mais vous n'en serez pas
» moins libre ce soir. Il me remettra,
» dans la journée, un ajustement

5*

» complet qu'il espère obtenir de l'o-
» bligeance d'une de ses cousines.
» Vous vous habillerez dans mes ri-
» deaux, parce que mon lit est plus
» près de là porte que le vôtre, et
» vous vous échapperez plus facile-
» ment. M. D*** vous ramènera après
» le spectacle; votre souper sera tout
» prêt; vous vous coucherez sans faire
» de bruit, et demain personne
» n'aura le moindre soupçon de ce
» qui se sera passé. »

Il n'y avait de praticable, dans ces
arrangemens, que le travestissement
et l'évasion de Saphorine : l'accom-
plissement du reste était hors de toute
vraisemblance. Mais ce n'était pas par
la vraisemblance que notre héroïne
se déterminait; tout ce qu'elle vit là-
dedans, ce fut une jolie toilette et
l'Opéra. Son cœur eut beau se révol-
ter contre l'imprudence d'un pareil

dessein, elle en réprima, ou du moins en souffrit les mouvemens sans s'y rendre.

Le médecin, qui entra bientôt dans la salle, obligea les malades de se tenir à leur lit. Le jeune D*** le suivait, portant un petit paquet qu'il remit à la vieille. Saphorine s'en aperçut, et se douta bien de ce que c'était. Le docteur lui tâta le pouls dans cet instant, il y trouva de l'agitation, et ordonna une petite saignée *illicò et serò*, ce qui fit sourire le topique.

Dès que la visite fut passée, la vieille arriva avec le paquet; elle le remit à Saphorine, et, malgré le trouble de son cœur, celle-ci eut la faiblesse de l'ouvrir : c'était là que l'attendait le démon. Elle y trouva, depuis la chemise jusqu'au mouchoir de poche, l'ajustement de femme le

plus complet et le plus élégant. Il lui
parut seulement pécher un peu par la
fraîcheur ; mais ce n'était là qu'une
bagatelle. Et qu'elle lui trouvait encore d'agrément, malgré cela, quand
elle le comparait à l'ignoble casaque
dont elle était couverte depuis son
entrée à l'Hôtel-Dieu !

Il faut dire d'où venait cet habit
( car le topique n'avait pas de cousine ). Il avait été acquis à frais communs par le petit D*** et deux de ses
amis, chez une revendeuse à la toilette, parente de la vieille. C'était
cette digne femme qui leur avait con-
seillé cette petite dépense. Elle pre-
nait à eux le plus tendre intérêt, et
ils la nommaient leur pourvoyeuse.
Nom respectable ! et qui explique
peut-être pourquoi on la gardait à
l'Hôtel-Dieu, quoiqu'elle ne fût pas
malade. Il n'est tel dans ce monde

que savoir se rendre utile : c'est souvent par ce mérite secret, que des
gens à qui on n'en suppose aucun,
obtiennent des places, de brillans
emplois, des pensions et des marques
d'honneur.

Que la journée se passa lentement
au gré de Saphorine, et qu'elle eût de
peine à ne pas devancer l'instant où
elle devait sortir de ses haillons! Ce
moment tant désiré arriva enfin;
Notre-Dame sonna six heures, et elle
gagna le lit de la vieille.

L'*airain* joue un grand rôle dans
les fictions romantiques : il ne tien-
drait qu'à moi d'en tirer parti en cet
endroit de ma narration, de faire fré-
mir quelque lectrice sentimentale au
bruit sourd et lugubre dont retenti-
ent alors les voûtes de l'Hôtel-Dieu ;
mais en commençant cet ouvrage, je
me suis imposé la loi de ne rien dire

que de vrai; de rejeter tout orne-
ment qui n'aurait pour objet que de
donner ce qu'on appelle *de la couleur*
au style. Il m'est déjà assez difficile
d'exprimer simplement quelques pensées justes, sans que j'aille m'embar-
rasser du soin d'en exprimer qui ne
le sont pas. J'abandonne ce singulier
honneur à.... Je ferais trop crier les
romantiques, si je disais à qui ; j'aime
mieux qu'ils le devinent. La seule
grâce que je leur demande, pour prix
de ma discrétion, c'est de ne me point
rendre responsable de leurs conjectures.

Cette cloche fatale donc, loin de
troubler Saphorine, de l'avertir des
dangers qui l'environnaient, ne dit
rien à son âme, sinon qu'il était six
heures, et qu'elle pouvait s'habiller
pour aller à l'Opéra. Elle fit gaîment
sa toilette, se glissa hors de la salle ,

comme elle en était convenue avec la vieille, et se hâta de joindre le topique qui lui avait donné rendez-vous près du marbre de Bichat.

Ils partirent, fort satisfaits de leur exactitude mutuelle. En traversant le Palais-Royal, Saphorine rencontra la veuve Froment. Elle se souvenait des traitemens injurieux que cette femme lui avait fait subir; elle ne fut pas fâchée de paraître à ses yeux sous les habits de la prétendue cousine du topique, et de lui marquer un peu de mépris. L'aubergiste y répondit sans faire attendre; mais Saphorine ne s'en offensa point : il lui suffisait d'avoir eu l'avance, et elle était trop peu vindicative pour attacher une grande importance à un si misérable triomphe. D'ailleurs, le plaisir qui l'attendait à l'Opéra occupait son imagination toute entière.

Ce n'est pas du ravissement que lui causa le spectacle que je dois entretenir le lecteur, mais de ce qui lui arriva au retour. Oserai-je le faire cependant? Les pédans et les prudes qui m'auront lu ( peut-être avec plaisir ) me pardonneront-ils d'entrer dans de pareils détails, de leur offrir....... Eh! que me font prudes et pédans? ce n'est pas pour eux que j'écris, et je ne recherche point leur suffrage. Je raconte d'ailleurs, je ne peins point; et, fidèle historien, on sent bien que mon devoir est de tout dire.

La jeunesse a tous les jours entre les mains des livres que personne ne blâme, où, sous un titre modeste, le tableau des égaremens de l'amour est déroulé avec la plus étrange complaisance; où le style est, je l'avoue, très-chaste, mais les actions très-impudiques; où la religion même, quelquefois mêlée à ce poison, ne fait qu'en rendre l'efficacité plus certaine.

Je me crois exempt d'un pareil tort. Forcé par la vérité de signaler quelques vices, je le fais avec candeur, me gardant de les embellir ou de les déguiser, n'exposant personne à les prendre pour des vertus. Je n'ai point d'ailleurs emmiellé les bords du vase. Si les principes contenus dans les livres en question étaient aussi innocens que ceux qu'on peut puiser dans le mien, probablement l'idée de le publier ne me fût jamais venue. Je poursuis.

Après l'Opéra, le petit D*** ramena Saphorine à l'Hôtel-Dieu. Mais le portier lui fit observer qu'il était contraire à la règle qu'une femme entrât à pareille heure. Grand exclamation de Saphorine. Elle eut beau représenter qu'elle était de la mai-

son, se nommer, affirmer qu'elle avait son lit dans la salle Ste.***, et qu'elle n'avait fait ce soir-là qu'une sortie provisoire ; le cerbère ne l'écouta seulement pas. « Vous pouvez en-
» trer, vous, dit-il au topique ; mais
» pour cette petite mère, je vous
» conseille de la conduire à votre
» chambre, où elle passera la nuit
» tout aussi agréablement qu'ici ; à
» moins qu'elle ne trouve plus gai de
» la passer dans la rue. » Là-dessus il referma son *was-ist-das*, en riant d'un gros rire, et en recommandant à la sentinelle de ne pas transgresser la consigne.

    « Ce maroufle m'indique en effet
» le seul parti que nous ayons à
» prendre, » dit le petit D*** à Saphorine « Quoi ! monsieur, que
» j'aille à votre chambre ! » s'écria-t-elle tout effrayée. — Que voulez-

» vous? aimez-vous mieux, comme
» le dit ce manant, coucher à la belle
» étoile? » Puis la voyant peu dispo-
sée à le suivre, il ajouta, d'un ton
hypocrite. « L'appartement que je
» vous propose n'est qu'à deux pas,
» souffrez que je vous y conduise. Je
» vous promets de revenir sur-le-
» champ ici. J'irai vous prendre de-
» main dès qu'il fera jour. La règle ne
» s'oppose pas à ce que vous rentriez
» alors ; et je vous ferai changer de
» salle pour éviter l'éclat. »

Que faire dans une telle situation,
et quand on sent surtout qu'on n'y est
que par sa faute? Saphorine se rendit.
« Je me confie à votre vertu, dit-elle
» au topique, et j'espère que vous
» n'abuserez pas de mon inno-
» cence. »

Malheureux écho pour des phrases
romanesques que l'oreille d'un étu-

diant en médecine! Le petit D*** lui répondit cependant par de belles protestations, et l'emmena à sa chambre.

C'était un petit réduit situé au quatrième étage d'une maison de la rue Saint-Jacques. Le luxe n'y était pas prodigué; la propreté même n'y semblait pas observée à la rigueur; ce jour-là pourtant le balai avait été promené dans les endroits les plus apparens, et on avait au moins changé la poussière de place.

Je n'entre dans ces détails que pour l'agrément du lecteur; car Saphorine n'y donna pas la moindre attention, tant elle était préoccupée.

Le topique avait été salué, au second et au troisième, par deux de ses camarades, qui devaient l'avoir reconnu à son pas; car ils ne lui avaient parlé qu'à travers la porte. D'où Saphorine conclut qu'ils étaient couchés.

Mais, à peine fut-elle dans la chambre, que les étourdis y entrèrent, apportant un pâté, du vin et tout ce qu'il fallait pour un petit souper. « Nous venons partager avec toi, » D***, » dit le premier qui parut. Puis, avisant Saphorine, « Diable ! » s'écria-t-il, voilà un plus friand » morceau, et qui vaut mieux que ce » que nous t'offrons. » Le second fit une autre exclamation qui signifiait à peu près la même chose, et tous deux voulurent prendre des libertés.

« Messieurs, leur dit le petit D***, » respectez mademoiselle, s'il vous » plaît; c'est une personne honnête...; » c'est ma cousine. » Ils reconnurent en effet la robe pour un meuble de famille, et se livrèrent là-dessus à des saillies de gaîté que Saphorine trouva un peu étranges, mais qui l'eussent bien plus étonnée encore si elle les avait mieux comprises.

Elle fut obligée de se mettre à table ; car les étourdis déclarèrent qu'ils ne quitteraient pas la chambre qu'elle ne leur eût fait cette grâce. Le petit D*** eut toutes les peines du monde à leur faire respecter sa prétendue cousine tant que dura le frugal repas.

A peine fut-il terminé, qu'ils prièrent Saphorine de chanter. Elle chercha à s'excuser sur l'heure qui était déjà plus qu'indue. « Bon ! dit l'un des » deux voisins, la chambre où nous » sommes donne sur les derrières, » il n'y a pas d'autres locataires que » nous dans toute la maison, et nous » pouvons faire tout le bruit qu'il nous » plaira, sans crainte de troubler le » repos de personne. »

Cet éclaircissement, loin de rassurer Saphorine, la rendit pensive, et

lui inspira un effroi qu'elle eut beaucoup de peine à dissimuler. Les amis
du topique s'en aperçurent. « Allons,
» lui dit l'un d'eux, donne-nous un
» doigt de ta vieille eau-de-vie, et
» nous te laissons avec cette chère en-
» fant, avec ta cousine ; » et il se mit
à rire aux éclats.

Le topique tira un flacon d'eau-de-
vie d'une petite armoire où étaient
enfermées quelques autres fioles. Il en
versa à la ronde, et en offrit à Saphorine. Comme elle refusait d'en
prendre : « c'est trop fort pour elle,
» dit un des deux jeunes gens ; il
» faut lui adoucir cela par un peu de
» ton excellente huile de *kantharos*. »

En disant cela, il prit une des fioles
de l'armoire et versa dans le verre
qui avait été présenté à Saphorine,
quelques gouttes d'une liqueur ver-
meille qui teignit légèrement l'eau-

de-vie et lui donna une odeur agréa-
ble. Elle fut obligée d'y porter les
lèvres pour se délivrer de l'importu-
nité de ces insensés, qui se retirèrent
enfin en souhaitant une bonne nuit
au topique ainsi qu'à sa jolie cousine.

Je me hâte d'arriver *ad eventum*,
en glissant le plus légèrement que
possible sur les détails; car les pédans
et les prudes dont j'ai dit que je me
souciais peu, m'inquiètent cependant
beaucoup.

Saphorine ayant prié le petit D***
de vouloir bien la laisser seule, il s'y
refusa, alléguant l'heure beaucoup
trop avancée, grâce à ce qu'il apelait
l'indiscrète visite de ses amis. Elle déclara qu'en conséquence elle passerait
la nuit sur une chaise. Il répliqua
qu'il ne le souffrirait pas, et la fatigue, et sa santé... C'était à lui à

s'imposer cette gêne. Grandes protestations, grand combat de générosité
qui, peu à peu, finit par prendre un
tout autre caractère... Les amis du
topique, lesquels étaient restés sur l'escalier, selon les conjectures de Saphorine, rentrèrent alors dans la
chambre. Elle en osa attendre quelque
protection; mais l'épithète de *bé-
gueule*, qui sonna bien distinctement
à son oreille, l'avertit de son erreur.
Cédant alors au juste effroi dont elle
était remplie, elle se mit à pousser
de grands cris : les jeunes gens en
furent d'abord intimidés; mais rien
n'annonçant qu'elle fût entendue dans
le voisinage, ou que personne du moins
s'intéressât à elle, ils n'en devinrent
que plus hardis. Le danger était pres-
sant. Pauvre enfant, à quoi était-elle
exposée !... Le ciel lui envoya une ins-
piration subite. Au lieu d'appeler à son

secours, comme elle venait de le faire
avec si peu de succès, elle cria *au
feu!*

Il n'y a rien de mieux à faire quand
la nuit on se trouve en péril. Comment en effet prétendre tirer de leur
lit, où ils sont si bien et dans une si
parfaite sécurité, des gens qui paient
une police, une garnison, des patrouilles, pour veiller au salut d'autrui?
Il n'y a pas de raison à cela. Mais le
feu menace tout le monde, et par-
ticulièrement les dormeurs. On ne
s'en fie plus à personne dès qu'on se
croit exposé à ce terrible fléau; on
veut tout voir, tout connaître par
soi-même; et l'on se met d'abord aux
enquêtes, et sans se permettre ni réflexion, ni délai.

Saphorine en acquit ce jour-là une
belle preuve. Le cri désastreux était
à peine sorti de sa bouche, que vingt

croisées s'ouvrirent, et qu'en un clin d'œil la maison et toutes celles qui l'avoisinaient furent illuminées depuis les combles jusqu'en bas.

La soudaine présence de tant de personnes alarmées qui parlaient toutes ensemble et s'interrogeaient avec la plus grande confusion, causa quelque surprise à nos jeunes gens, et les arrêta de nouveau dans leur entreprise. Saphorine profita de cet heureux moment : la porte était restée entrebaillée ; elle s'y élança ; et franchissant l'escalier de façon à se briser à chaque bond contre les murailles, elle parvint dans la rue où ses ennemis n'osèrent pas la poursuivre.

FIN DU TROISIÈME LIVRE.

B

# SAPHORINE.

## LIVRE QUATRIÈME.

*Premiers actes de prudence et de re-
pentir; mais il faut de longs efforts
pour réparer une faute qu'un seul
instant a fait commettre. Trois
mois.*

> *What charm can sooth her melancholy,*
> *What art can wash her guilt away?*
>                                   GOLDSMITH,
>
> Comment adoucir son ennui,
> Et le souvenir de sa faute ?

### CHAPITRE PREMIER.

Un mot sur Julien ; événement épisodique.

Dès que la veuve Froment eut remis
Saphorine hors de chez elle, comme
le lecteur peut se le rappeler, elle en

donna avis au père de Julien, l'enga-
geant à user d'indulgence envers ce
jeune homme qui était un bon sujet,
et que la douceur ne pouvait manquer de remettre dans le chemin du
devoir. Jacques Mordoré était bon
père ; les conseils de la veuve Froment
ne le trouvèrent point inaccessible ;
il laissa passer la journée ; et, s'étant
assuré le lendemain que sa filleule n'a-
vait point reparu, il en tira un heureux présage pour la guérison de son
fils. Il se sendit donc à la préfecture de
police, fit appeler le jeune homme ;
et, après quelques réprimandes pater-
nelles que la circonstance et le lieu
rendaient indispensables, lui apprit
que Saphorine n'était plus à l'Écu de
France. Il dit, j'en dois convenir,
qu'elle s'était évadée, et non qu'on
l'avait mise à la porte. Le fit-il à dessein ou par inadvertance ? c'est ce

qu'il m'a été impossible de savoir. En
total, la chose se réduit à cela, qu'il
se servit d'un mot au lieu d'un autre;
or, supposé qu'il y ait mis un peu d'intention, pense-t-on que son crime
soit digne d'une grande sévérité? le
bon homme ne fit alors que ce que
tant de gens éminens par leur mérite
ou leur dignité, font aujourd'hui,
sans scrupule, à la face de tout le
monde. Il y avait peut-être déjà en
lui quelque pressentiment du respect
que nous devions montrer un jour
pour la bonne foi et la vérité.

Cette nouvelle affligea Julien. Il
s'efforça de n'en rien témoigner cependant, parce qu'il vit que son père
s'en réjouissait. Le bon Jacques lui sut
gré de sa résignation. Il se rendit in-
continent dans les bureaux pour le
réclamer, et il lui fut accordé de le

venir délivrer le lendemain dans la soirée.

On conçoit que Jacques fut exact. On ne le fut pas moins à lui remettre son fils. Il jeta sur les épaules du jeune homme un manteau dont il s'était précautionné, parce que le tems était mauvais ; et tous deux s'acheminèrent vers le faubourg Saint-Antoine.

Comme ils passaient devant un cabaret situé dans une des petites rues de de la cité, une femme sortit précipitamment d'une chaise à porteurs qui venait de s'y arrêter ; et se jetant entre eux deux : « Votre manteau et votre chapeau, dit-elle à Julien, et sauvez un malheureux de la mort. »

Julien n'avait point la tête romanesque, mais il n'était pas insensible pour cela. Son cœur, au contraire, s'ouvrait facilement à la compassion, et le plaisir d'obliger était une de ses

jouissances favorites. L'unique reproche que l'on peut faire à sa sensibilité, c'est qu'elle était sans éclat et
sans ostentation ; et il est certain que
ce défaut l'excluait des romans et des
drames.

L'inconnue ne fut pas obligée de
réitérer sa prière ; le ton dont elle la
prononça émut Julien jusqu'au fond
du cœur, et il donna ce qu'on lui demandait, sans hésiter, et sans qu'aucune réflexion ignoble vînt corrompre
le mérite de sa bonne action.

» Cœur généreux ! lui dit la dame,
» le ciel vous récompensera, » et elle
disparut.

Jacques et Julien, qui la suivirent
de l'œil un moment, virent qu'une
jeune demoiselle, de dix à douze ans,
tendait les mains vers elle comme
pour lui dire adieu. Mais une vieille
femme, qui paraissait être sa gouver-

6*

nante, se hâta de réprimer ce mouvement.

» Éloignez-vous promptement ;
» et ne dites rien, » murmura la
vieille quand ils passèrent près d'elle.
Pour la jeune personne, elle s'inclina
devant eux avec les marques de la plus
vive reconnaissance, voulant aussi
proférer quelques mots ; mais ses sanglots l'en empêchèrent.

Julien et son père regagnèrent
promptement leur logis, fort étonnés
d'une telle aventure. Ils n'en parlèrent à personne, comme on le peut
croire ; mais le lendemain, le bruit
courut dans Paris qu'un criminel d'état
qui devait ce jour-là porter sa tête sur
l'échafaud, avait eu le bonheur de
s'évader la veille. L'idée leur vint alors
que peut-être ils n'étaient pas étrangers à sa délivrance.

On verra, dans le chapitre suivant, si la conjecture était fondée.

~~~~~~~~~~~~~~~~~~~~~~~~~~~~~~~~~~~~~~~~

## CHAPITRE II.

Histoire de la dame inconnue.

Ce ne sont ni les prudes, ni les pédans, que je crains ici ; c'est une autre espèce de délicats, et bien plus redoutables aujourd'hui pour un pauvre auteur. Que pourraient blâmer les prudes, en effet, dans le noble courage d'une femme qui sauve son époux, dans la tendre pitié d'une fille qui arrache son père à la mort ? Les pédans, tout pédans qu'ils sont, sentent bien qu'il faut de la variété dans un livre ; que, de tout temps et partout, les épisodes y ont été admis. Ils voudront bien demeurer d'accord que celui-ci contribue même au développement de l'idée principale, et qu'il produit au moins un effet de comparaison. On vient de voir une fille imprudente, guidée par une exaltation sans objet, poursuivie de périls et de malheurs qu'elle seule a appelés sur sa tête ; l'œil va se reposer ici sur des êtres non moins modestes que vertueux, que rien ne peut arrêter, pas même la crainte de la mort, quand il s'agit de leurs devoirs ; en qui le dévouement le plus noble et le plus héroïque, inspiré par les plus légitimes et les plus doux sentimens de la nature, ne laisse d'autre regret que celui de l'éclat qu'il a eu et de l'admiration qu'il a causée aux hommes. Il n'y a rien là qui ne soit conforme à la morale et aux bonnes règles ; et ni prudes, ni pédans, ne refuseront sans doute d'applaudir.

Mais qu'ai-je à espérer de ces gens
exclusifs, ennemis si fougueux et si
implacables de quiconque ose avoir
une pensée qui ne soit pas de leur ca-
talogue ? Ils sont nombreux, influens
dans les temps où nous vivons. Ne
m'ont-ils pas déjà déclaré mercenaire,
vénal, infâme, manouvrier de comédies à la solde du ministère ( Dieu
et le ministère savent ce qui en est! )
pour ne m'avoir point trouvé homme
de parti dans un drame où je tâchais
d'exposer les inconvéniens de l'esprit
de parti ? Ce n'est pas tout : ils ont
voulu me ravir jusqu'au faible mérite
d'avoir donné le jour à cette faible
production. Il est vrai qu'ils ont pris
si haut le collaborateur qu'il leur a
plu de me donner, que mon ouvrage,
fût-il un chef-d'œuvre, renfermât-il
autant de beautés que j'y reconnais
de défauts, il y aurait encore plus

d'honneur pour moi à le tenir d'une
telle main qu'à m'en voir reconnu
l'auteur sans contradiction. Mais ce
n'est pas pour mon intérêt qu'ils ont
fait cet outrage à la vérité ; or , s'ils
n'ont pas réussi à me nuire , grâce à
la bizarrerie du moyen, qui me garan·
tit qu'une autre fois ils n'en sauront pas
mettre un plus efficace en usage ?

Mon *Histoire de la dame inconnue*
leur offre une belle occasion : j'y ai mis
tous les adoucissemens que m'a pu
suggérer la prudence : je ne puis
toutefois me le dissimuler ; je prends
ici quelques matériaux dans le domaine
de leurs fantaisies ; et je crains qu'au
levain de leurs vieux griefs , ils ne
joignent la supposition, non plus raisonnable , que je viens aujourd'hui
les braver. Je déclare d'avance que
cette supposition serait fausse ; que
telle n'est point mon intention. Or,

si, après cet aveu où je ne suis con-
duit que par un pur esprit de douceur
et de modération, ils continuent à ré-
criminer contre moi, comme l'injustice de leur procédé sera connue, je
n'en ferai que suivre avec plus de sécurité le système où je m'étais renfer-
mé jusqu'ici : je les laisserai dire et
me tairai.

Le comte de C***, officier de ma-
rine distingué, émigra au commencement de la révolution. Il emmena
avec lui son vieux père qui mourut
dans la terre de l'exil, et sa jeune
femme qui partagea ses malheurs avec
un courage dont son sexe a donné tant
de généreux exemples à cette funeste
époque.

Le comte aurait mille fois donné sa
vie pour sauver la France et son roi de
l'abîme où les entraînaient également
de perfides conseillers et d'imprudens

novateurs. Il prit du service dans l'armée de Condé; mais il comprit bientôt qu'elle ne serait pas d'un grand secours, que la valeur qu'elle montrait serait mal secondée; et que l'étranger est un mauvais ami. Il se retira. Hambourg fut le lieu qu'il choisit pour sa résidence. Il y vit peu à peu arriver un grand nombre d'émigrés, ruinés et désabusés comme lui. Ils ne s'entretenaient d'abord, dans leurs réunions que du regret d'avoir quitté leur pays, et, avec le temps, de l'espoir d'y être reçus en grâce; et de voir révoquer les lois cruelles qui avaient été portées contre eux.

Cet espoir légitime se réalisa en effet, et la liste de ces nobles proscrits fut, en peu de temps, chargée de nombreuses radiations. Le comte de C*** ne se pressa pas cependant de solliciter la sienne. Non par défiance

ou par orgueil, mais par ce généreux
scrupule qui, dans les démarches où
l'honneur peut paraître intéressé, ne
permet pas qu'on donne l'exemple, et
demande, au contraire, que le chemin par où il faut passer soit frayé et
battu. Ce ne fut pas même assez pour
lui que le grand nombre et que la
grande qualité des gens qu'il vit s'y
précipiter ; il lui fallut des garanties
plus décisives encore, et que, quelqu'un de ces noms qui sont comme des
symboles d'honneur et de loyauté, fût
proclamé avant le sien. Il ne quitta Hambourg pour rentrer en France, qu'a-
près le vieux maréchal duc de B***.

Madame de C*** avait mis une fille
au jour pendant son exil. Cette enfant
pouvait avoir alors dix ans. Ses parens l'avaient élevée avec le plus
tendre soin ; elle avait fait leur conso-
lation aux jours de l'infortune, et

I. 7

faisait maintenant tout leur espoir.
Le comte se fixa à Paris pour achever
l'éducation de cette aimable enfant,
et être plus à portée de suivre le re-
couvrement de quelques-uns de ses
biens qui n'avaient pas été vendus.

Il y avait à peine trois mois qu'il
s'occupait de ces paisibles soins, et
qu'il respirait l'air si doux de la patrie, quand un soir un inconnu se
présenta chez lui. Il se fit connaître
pour agent du roi, et confia à M.
de C*** le secret d'une entreprise har-
die à laquelle il l'engagea de prendre
part.

« Je n'ai rien à répondre à une telle
» ouverture, dit le comte à l'incon-
» nu; si j'étais ici comme vous, à mes
» risques et périls, assurément je
» n'hésiterais pas; je sais quels sont
» mes devoirs envers mon roi, et il
» me serait doux de les remplir. Mais

» loin de courir les moindres dangers
» dans ce pays, j'y jouis de la plus
» parfaite sécurité sous la protection
» de ceux qui gouvernent, et sous la
» garantie d'une bonne foi qui doit
» être réciproque. Je ne trahirai pas
» vos projets ; mais vous sentez que
» n'y pouvant prendre part sans dés-
» honneur, il est de toute justice que
» j'y demeure étranger.—Est-ce sincè-
» rement la seule raison qui retienne
» votre zèle, comte ? demanda l'in-
» connu après un moment de ré-
» flexion. — Je vous en donne ma
» parole. — Cela suffit. Trouvez-vous
» demain à onze heures du soir sur le
» boulevard de la Magdelaine. Vous
» y recevrez des documens, et une
» mission peut-être conformes en
» tout à vos scrupules. » Le comte
promit de s'y rendre ; et l'inconnu se
retira.

La conférence eut lieu. M. de C✶✶✶ y rencontra des gens qu'il était loin de soupçonner favorables à la bonne cause. Il crut reconnaître qu'on les flattait pour s'assurer leur assistance ; mais qu'au fond, on n'avait pas pour eux toute la considération qu'on leur témoignait. Il en fut fâché. Il lui parut que la mauvaise foi et les arrières-pensées étaient de mauvais moyens de s'attacher les gens ; et l'histoi re de conjurations et des partis est en effet féconde en désastres qui n'ont pas d'autres causes.

Il s'expliqua de nouveau sur sa résolution, déclarant qu'il était prêt à tout entreprendre pour son roi, et partout, excepté en France. On approuva ses motifs ; et, après lui avoir donné une entière connaissance du projet et des moyens d'exécution, on lui proposa une mission pour l'étranger. Il

l'accepta, et promit de s'en acquitter
avec zèle ; puis, étant retourné chez
lui, il se mit de suite à faire les préparatifs de son départ. Il y mit tant de
diligence qu'il se trouva prêt à la
pointe du jour, et qu'il quitta immédiatement Paris, muni de faux passe-
ports, et chargé de dépêches pour le
prince de ***, auprès duquel il était
accrédité.

Sa femme et sa fille l'accompagnèrent
encore. Il n'avait pas voulu s'en sépa-
rer, ni elles le voir exposé à de nouveaux périls qu'elles ne partageraient
pas. Un peu de tristesse s'empara d'eux
au commencement du voyage ; mais
elle se dissipa à mesure qu'ils s'éloi-
gnaient de Paris. Un accident qui
arriva à leur chaise et les obligea
de s'arrêter à Nancy, leur parut même
heureux. Nancy était la patrie de madame de C*** ; et, quoiqu'elle en fût

sortie fort jeune, elle en avait cependant conservé un souvenir qui lui fit
trouver du charme à la nécessité
où elle était d'y passer quelques
heures. Elle en profita pour faire voir
à sa fille les doux lieux où ses premiers
ans s'étaient écoulés. Son mari l'accompagna.

Comme ils revenaient à leur auberge, un homme qui marchait derrière eux depuis quelques instans,
frappa doucement sur l'épaule du
comte. « Je ne me trompe pas, lui
» dit-il, c'est M. de C★★★? — Il est
» vrai, monsieur. — Et où allez-vous
» donc, monsieur ? — Je vais à
» Strasbourg où j'ai affaire. — Vous
» vous trompez, monsieur, ce n'est
» pas à Strasbourg que vous avez af-
» faire, mais, à Paris où l'on a le plus
» grand besoin de vous, et où votre
» présence est indispensable. » Le

comte demeura interdit. « Monsieur,
» ajouta l'étranger, j'ai ordre de m'em-
» parer de votre personne et de vos
» papiers; j'espère que vous n'oppose-
» rez pas une vaine résistance, et que
» vous m'épargnerez le désagrément
» d'user de violence à votre égard. »

L'effet de ce peu de paroles sur la
malheureuse famille de C\*\*\* est inex-
primable. La comtesse poussa un cri
et pensa s'évanouir; la jeune Elisa-
beth (c'est le nom de M^lle. de C\*\*\*) se
jeta dans les bras de son père, comme
si elle eût eu quelque idée des nouvelles infortunes qui le menaçaient.
Pour le comte, il chercha à assurer sa
contenance, indécis sur le parti qu'il
devait prendre; mais deux gendarmes
qu'il aperçut à quelque pas derrière
lui fixèrent bientôt ses irrésolutions.
Il conjura sa femme et sa fille de revenir à elles-mêmes; et leur offrant,

à l'une et à l'autre, l'exemple de son courage et de sa résignation, il prit le chemin de son auberge, où un renforts de soldats et d'officiers de police l'attendait.

L'examen de ses papiers ne fut pas long. On en dressa en sa présence un état qu'on lui fit reconnaître et signer; après quoi on l'emmena aux prisons de la ville.

Il avait éprouvé bien des revers de fortune depuis quinze ans; aucun ne l'avait aussi douloureusement frappé que celui-là; et l'incertitude du sort qui lui était réservé, et l'abandon où il laissait sa femme et sa fille, dont il n'avait jamais été séparé, étaient enfin une épreuve trop rude pour sa constance.

L'infortunée comtesse tomba dans un désespoir plus déplorable encore : sa santé était altérée depuis quelque temps; ce coup imprévu y détermina une crise affreuse. Après le départ de son mari, elle tomba sans connaissance, et demeura long-temps dans un engourdissement semblable à celui de la mort; elles n'en revint que par les tendres soins de sa fille, que ranimée aux cris de la douleur de cette chère et pieuse enfant, tous les secours de l'art étant restés presque sans effet.

Un laquais de place que M. de C*** avait pris à son arrivée à Paris, et dont il avait fait son valet de chambre, était du voyage. Dès que la comtesse fut revenue à elle, comme elle se sentait d'une extrême faiblesse, elle fit appeler cet homme pour l'envoyer à la prison savoir des nouvelles de son mari, et lui demander des ordres. On le chercha en vain, il avait disparu.

M$^{me}$. de C*** s'habilla, et, malgré l'état de souffrance ou elle était, malgré l'heure déjà avancée qui s'opposait à ce qu'elle fût admise dans la prison, elle s'y fit néanmoins conduire, engagée à cette démarche par un espoir que, sans avoir son cœur, on peut fort bien comprendre, ou peut-être poussée par quelque pressentiment. Quoi qu'il en soit, comme elle approchait ce lieu funeste, une voiture en sortit; elle y jeta la vue avec une inquiète curiosité, et n'y put rien distinguer que des uniformes et des armes; mais comme la lune était très-brillante et qu'elle s'en trouvait entièrement éclairée, les gens de la voiture purent la voir. Une main qu'elle crut reconnaître s'agita à la portière et lui fit comme un signe d'adieu; puis il lui sembla entendre l'accent étouffé d'une voix à laquelle elle ne pouvait se méprendre. Hélas! elle ne se méprenait pas en effet. C'était le malheureux C*** qui partait pour Paris.

Elle s'avança vers lui en lui tendant les bras et en poussant des cris douloureux ; mais l'ordre d'avancer ayant été intimé au postillon par l'une des personnes de l'escorte , la fatale voiture s'éloigna rapidement et fut bientôt hors de la vue de cette malheureuse épouse. On la ramena à l'auberge, plongée dans l'affreux évanouissement dont on avait eu tant de peine à la tirer quelques heures auparavant ; il dura cette fois plus long-temps encore que la première ; et quand elle ouvrit les yeux, un horrible délire et de funestes symptômes annoncèrent une maladie grave, qui fit bientôt les progrès les plus rapides et les plus alarmans.

La jeune Élisabeth, ce touchant modèle de tendresse et de piété filiale, trouva des forces au-dessus de son

sexe, et surtout de son âge. Les soins
les plus pénibles, les veilles plus lon-
gues et les plus fatigantes, rien ne
l'effraya, rien ne coûta à son zèle; et
le ciel récompensa ses vertueux efforts
en lui rendant enfin sa mère. Après
trois semaines des douleurs les plus
cruelles et du péril le plus imminent,
elle commença à éprouver quelque
soulagement et à reprendre un peu de
forces.

L'éclat de son aventure avait amené
auprès d'elle quelques anciens amis de
sa famille, en petit nombre, parce
que le souvenir des malheureux n'est
pas une vertu vulgaire, mais du moins
fidèles et dévoués. Elle retrouva entre
autres la vieille Marguerite, sa nourrice, qui avait eu jadis pour elle la
tendresse d'une mère, et qui déclara
ne la vouloir plus quitter, fallût-il la
suivre au bout du monde.

La comtesse demanda les gazettes dès qu'il lui fut possible de mettre quelque suite dans ses idées ; et l'affectation avec laquelle on les lui refusa, lui fit juger qu'elles devaient être intéressantes. Elle n'attendit pas son rétablissement pour sortir ; aussitôt qu'elle put faire un pas, elle se fit conduire dehors. Il y avait près de l'auberge une boutique de libraire ; elle y entra, et, sans avoir prévenu personne de son dessein, se fit donner tous les journaux des jours précédens ; elle vit ce que la tendresse de ses amis s'était efforcé de lui cacher ; que la conjuration avait été découverte et que son époux était en jugement.

Le coup était cruel, mais il n'avait rien d'imprévu, et la malheureuse comtesse le supporta avec plus de force qu'on ne se l'était imaginé. Il sembla même pour un moment que sa

faiblesse et ses douleurs eussent disparu, tant l'idée des dangers de son
époux était puissante en elle et rendait d'énergie à son âme. C'est un objet bien admirable, bien digne de nos
adorations, qu'un être si parfaitement
dévoué et capable d'une si entière ab-
négation de soi-même! La comtesse
régla de suite ses affaires; puis, ayant
fait venir des chevaux de poste, elle
partit pour Paris, accompagnée de sa
fille et de sa bonne et fidèle Marguerite.

La route se fit sans accident et avec
la plus grande diligence : on marcha
jour et nuit; et pour ne point perdre
de temps dans les auberges, nos voya-
geuses firent leurs repas de quelques
provisions dont elles s'étaient précau-
tionnées en partant. On avait quitté
Nancy le dimanche à midi; on arriva
à Paris le mardi à pareille heure.

Le premier soin de M^me. de C★★★ fut de se rendre au tribunal ; car elle apprit qu'il y avait audience le jour même. Elle emmena sa fille avec elle, et laissa à Marguerite le soin de préparer l'appartement qu'elle venait d'arrêter dans l'hôtel de ★★★. Arrivée au palais, elle se fit enseigner la salle où les débats avaient lieu. Il était difficile d'y pénétrer à cause de l'affluence des auditeurs ; elle hasarda de se nommer, et l'on s'empressa de lui faire place. Il y aurait eu plus d'humanité peut-être à ne point céder à ses vœux.

L'audience était suspendue, et les jurés aux opinions, quand elle arriva. Tout le monde raisonnait sur la cause, et chacun se montrait favorable ou contraire aux accusés, selon l'idée qu'il se faisait de leur attentat. Il n'y a rien de plus pénible que d'entendre

ainsi disserter froidement sur nos intérêts les plus chers : madame de C***
endura ce tourment pendant près de
quatre heures. Enfin les jurés rentrèrent ; les accusés furent introduits
dans le même moment; ils étaient au
nombre de six, mais la comtesse n'en
vit qu'un, qu'un seul. Il avait assez de
fermeté dans sa contenance, mais sa
physionomie offrait une empreinte de
tristesse qui marquait combien peu il
espérait dans l'indulgence de ses juges.

Le plus profond silence régna pendant la déclaration du jury. Cet acte
si solennel fut peu compris par madame de C***, elle réserva toute son
attention pour la sentence. Les juges
s'étant consultés un moment, et le
silence régnant de nouveau dans l'assemblée, le président, couvert, prononça l'acquittement de deux des pré-
venus, le bannissement d'un troisiè-

me; et contre les autres, au nombre desquels était le malheureux M. de C***, LA PEINE DE MORT.

La comtesse éperdue jeta un cri d'horreur; elle s'élança vers son mari, que les gendarmes emmenaient; et, le voyant disparaître, s'abandonna à tout l'excès de sa douleur et de son désespoir. Il n'y eut personne qu'un si touchant spectacle ne pénétrât d'attendrissement, même parmi ceux à qui leurs opinions politiques faisaient regarder comme juste la condamnation de ces trois infortunés. 93 était passé, les mœurs étaient adoucies, et l'on ne se faisait plus un sujet de joie et de triomphe de la mort d'un homme et de la désolation des siens.

Une jeune dame qui avait assisté à l'audience ( car, à cette époque, la bonne compagnie commençait déjà à fréquenter les tribunaux ), s'empressa

7*

auprès de la malheureuse comtesse,
lui offrit ses secours, ne voulut point
la quitter, et la ramena à son hôtel,
où la mère et la fille arrivèrent mou-
rantes. Elle ne les importuna pas de
vaines consolations, elle savait trop
qu'il n'en est point contre un pareil
malheur; mais par cet art heureux
dont le ciel a fait le privilége des femmes, elle les plaignit, entra avec elles
dans leur peine, et finit par faire pénétrer une lueur d'espérance dans leur
âme. Elle apprit à madame de C***
que le comte avait trois jours pour
appeler du jugement; qu'un intervalle
assez long était nécessaire pour la
nouvelle procédure qui s'en suivrait;
enfin elle lui conseilla des démarches,
et lui promit son entremise et celle
de ses amis pour obtenir la grâce du
comte, ou du moins la commutation
de sa peine.

Le cœur des malheureux est comme
la mémoire des ingrats : il faut souvent peu de chose pour en effacer les
plus profondes impressions. Le temps
qu'elle voyait devant elle, les secours
qu'on lui promettait, l'espoir, si raisonnable à son gré, de réussir dans
une démarche qui ne tendrait qu'à
faire jeter son mari hors de France,
la douceur qu'elle goûtait même d'a-
vance dans ce nouvel exil, tout cela
rendit un peu de calme à madame de
C★★★. Elle remercia l'inconnue, et la
pria de commencer par lui obtenir la
permission de voir le comte. Madame
de R★★★ (c'est le nom de cette personne obligeante) sortit pour s'occu-
per de ce soin, et revint le lendemain
de bonne heure avec la permission.

La comtesse avait passé une fort
mauvaise nuit, et se trouvait si faible,
qu'il ne lui fut possible de se rendre

à la Conciergerie qu'en chaise à porteurs. Sa fille y prit place avec elle. On conçoit que leur entrevue avec le malheureux C*** fut touchante ; les geôliers mêmes en furent attendris, ils ne purent retenir leurs larmes. Le concierge laissa franchement couler les siennes : il avait accompagné madame de C***, en voyant l'état déplorable où elle se trouvait. Cet homme était humain ; il avait toujours donné des marques d'intérêt au comte, et l'avait traité sans indignité. Il se retira avec ses porte-clefs derrière un paravent, qu'il avait eu l'attention de faire mettre dans la chambre de son prisonnier, et y attendit la sortie de la comtesse. Cette malheureuse femme ne put faire consentir son mari à aucune des démarches qu'elle se proposait de faire. « J'ai su à quoi » je m'exposais en prenant rang

» parmi des conspirateurs, lui dit-il
» avec fermeté ; si j'ai refusé d'agir
» en France, c'était par honneur, et
» non par crainte de la mort. Or, la
» même délicatesse de sentiment qui
» me fit alors repousser le rôle infâme
» d'un traître, me défend aujourd'hui
» celui de suppliant ; je n'appellerai
» même pas de la sentence. Mes juges
» ont fait leur devoir, le mien main-
» tenant est de subir mon sort. La
» seule faveur que j'ai permis que l'on
» demandât pour moi, c'est qu'on me
» fasse mourir de la mort des braves,
» et que je ne me sente pas, à mon
» dernier moment, toucher par l'hor-
» rible main d'un bourreau. »

Cette affreuse image, et la déses-
pérante opiniâtreté de son mari, ac-
cablèrent la malheureuse comtesse,
qu'il fallut emporter jusqu'à sa chai-

se, car elle n'eut pas la force de s'y traîner.

En arrivant chez elle, elle trouva un officier danois qu'elle avait vu quelquefois à Altona dans le temps qu'elle habitait Hambourg. Cet homme était attaché à la légation de son pays; il avait appris la demeure de la comtesse par madame de R\*\*\*, et venait lui offrir ses services, jurant que rien ne lui coûterait pour sauver le comte. Elle le remercia de la générosité de ses offres, et lui raconta, en pleurant, par quel funeste scrupule d'honneur M. de C\*\*\* lui-même les rendait inutiles.

Le lendemain et le jour suivant elle retourna à la Conciergerie, et fit des efforts non moins snperflus pour engager son mari à se pourvoir en cassation. Le gentilhomme danois et madame de R\*\*\* avaient, de leur côté, fait des démarches pour obtenir sa grâce ; mais elles avaient été aussi in-fructueuses que celles de sa femme auprès de lui. La première condition était qu'il descendît de sa fierté, et qu'il fît au moins acte de soumission en adhérant aux formes ; c'était juste-ment ce qu'il ne voulait point, et le délai expira. Tout espoir paraissait perdu ; déjà, dans leur cruelle com-passion, les amis de madame de C*** lui conseillaient de quitter Pa-ris. L'horreur qu'un tel avis lui inspi-ra, parut éveiller tout à coup dans son âme une force surnaturelle, et un courage qu'on était loin d'attendre du sombre désespoir où elle paraissait plongée. Saisissant soudain la main de l'officier, et jetant sur lui des re-gards pleins de feu et d'une expression extraordinaire : « Monsieur, lui dit-» elle, vous m'avez promis votre se-

» cours; puis-je y compter ? vos pa-
» roles étaient-elles sincères ? vous
» sentez-vous en effet capable d'un
» grand acte de courage et d'humani-
» té ?—Madame, répondit-il, surpris
» du ton dont ces paroles lui étaient
» adressées, il n'y a rien que je ne
» fasse pour vous prouver mon zèle
» et mon attachement à M. de C***.
» — Cela suffit, reprit-elle, trouvez-
» vous ce soir seul dans votre cabriolet,
» devant les décombres du Châtelet,
» et attendez l'événement. » L'officier
promit tout ; et la comtesse, après
l'avoir remercié, ainsi que madame
de R***, demanda à être seule pour
vaquer aux préparatifs de l'entreprise
qu'elle méditait.

Cependant le comte attendait l'effet
de la demande en commutation, non
de peine, mais d'exécution seulement.
C'était pour lui l'objet d'une dernière

espérance au sein du désespoir même.
Son défenseur lui fit donner avis que
la tentative avait été vaine, et qu'il y
fallait renoncer. Ce coup le frappa; il
troubla ses sens plus que n'avait fait
sa condamnation. Le malheureux tomba dans un morne abattement, ne pouvant résister à l'idée du supplice qu'il
allait subir. Il voulut rappeler sa raison; mais en vain, l'horreur fut la
plus forte. Il craignit de manquer de
résolution, au moment fatal, et
commença à regretter de ne l'avoir
pas reculé autant qu'il était en lui.

Il était dans cette disposition quand
les portes de son cachot s'ouvrirent. Il
y porta la vue avec effroi, et vit paraître
sa malheureuse épouse soutenue par
le concierge et la jeune Élisabeth. Ces
deux êtres si chers se jetèrent dans
ses bras, le baignèrent de leurs
larmes, et firent retentir la prison de

leurs cris. Au lieu des consolations, et des nobles exemples de courage, qu'elles trouvaient ordinairement auprès de lui, elles ne lui virent que de la faiblesse ; et cette fois, il ne répondit à leurs pleurs que par les siens.

Le concierge s'était retiré derrière le paravent, selon sa coutume : dès que madame de C*** se vit seule en présence de son mari, appelant son attention par un regard significatif, et mettant un doigt sur sa bouche pour l'inviter au silence, elle lui présenta un papier. Il le prit ; et, pendant qu'il le lisait, elle continua à faire entendre des soupirs et des sanglots, pour ne point donner l'éveil au concierge.

L'écrit était ainsi conçu :

« L'échafaud s'apprête ; demain » vous marchez à la mort, ou plu-

» tôt nous y marchons l'un et l'autre ;
» car mes mesures sont prises, et je
» ne vous survivrai pas. Il dépend de
» vous de nous sauver, et d'arracher
» votre fille, notre incomparable Éli-
» sabeth, à l'affreux malheur de
» perdre, d'un seul coup les auteurs
» de ses jours. Je vous apporte un dé-
» guisement sous lequel vous sortirez
» facilement d'ici. J'y resterai à votre
» place, jusqu'à ce que vous soyez
» hors de péril. On vous expliquera
» le reste dehors. Point d'objection,
» si vous n'avez pas résolu que je
» meure, et que votre fille soit de-
» main la plus abandonnée, et la
» plus malheureuse de toutes les créa-
» tures humaines. »

Le comte demeura interdit, ému
à la fois de mille sensations diverses.
Il voulut parler ; la comtesse lui ferma
la bouche, et lui donna un second pa-

8*

pier à lire. C'était une consultation d'avocats. Il y était dit quelle n'avait personnellement aucun risque à courir ; et que le concierge, lui-même, en serait quitte pour une peine légère, attendu qu'il ne pouvait être convaincu que d'imprudence.

La jeune Élisabeth se jeta aux genoux de son père, et les tint étroitement embrassés. La comtesse ôta une ample pelisse fourrée dont elle était enveloppée, et parut aux yeux de son époux vêtue absolument des mêmes habits que lui. Elle le força d'endosser la pelisse ; et, dans le même temps, sa fille lui couvrit la tête d'un énorme chapeau. A peine avait-il eu le temps d'y songer, que le travestissement était complet. Ils s'embrassèrent alors, leurs larmes recommencèrent à couler ; mais qu'elles étaient différentes des premières ! la comtesse se couvrit

le visage de ses mains, et prit la place
de son mari. Celui-ci mit sans affectation son mouchoir sur ses yeux, et sa
fille se hâta de l'entraîner, impatiente
de le voir dehors et frémissant de la
crainte que quelque chose ne le tra-
hît. « Conduisez madame jusqu'à sa
» chaise, » dit le concierge à un
porte-clef : et cet homme s'approcha
du comte en lui présentant la main ;
mais la jeune Élisabeth, se jetant
entre eux, eut l'air de ne vouloir
céder à personne l'honneur de soute-
nir sa mère, et de lui servir de guide.

Il y avait trois guichets à franchir
pour arriver dans la cour du palais où
était la chaise. Le comte avait à peine
passé le second, qu'un grand bruit se
fit entendre du côté du cachot où était
restée la comtesse. Nos fugitifs se
crurent perdus, et doublèrent le pas :
le péril était grand en effet. Après la

retraite de la prétendue comtesse, le
concierge s'était approché de son prisonnier, pour prendre ses ordres, et
savoir s'il n'aurait pas le désir de voir
le soir même un ministre de la religion, car l'ordre de l'exécution avait
été donné pour le lendemain. Madame
de C***, la tête appuyée et cachée
dans ses mains, avait d'abord feint
d'être absorbée par la douleur, et de
ne point entendre. La demande ayant
été réitérée sans plus de réponse, cela
avait donné le loisir au concierge
d'examiner la personne à laquelle il
parlait. Il eut d'abord un soupçon con-
fus de la supercherie, et s'approcha
pour le vérifier; la comtesse le saisissant fortement par son habit : « Non,
» lui dit-elle, ce n'est pas lui, et votre
» proie vous échappe. » Il voulut courir après le malheureux. Ce fut alors
qu'on vit la lutte la plus étrange, et le

plus intéressant de tous les triomphes :
celui de la faiblesse courageuse sur la
force. Madame de C*** le retint , et ,
à plusieurs reprises , lui étouffa la voix
avec son mouchoir, pendant tout le
temps qu'elle crut nécessaire à l'évasion de son mari.

Il arriva en effet au troisième gui-
chet qu'on lui ouvrit sans difficulté ,
et , s'étant jeté dans la  chaise auprès
de laquelle Marguerite était restée , et
dont elle n'avait pas souffert que les
porteurs s'éloignassent ,  il sortit enfin
du palais. Comme le cortége entrait
dans l'une des petites rues qui font face
à cet édifice, Marguerite, qui marchait
à la portière , avertit le comte qu'il se
faisait quelque mouvement parmi les
soldats de la conciergerie. On était en
face d'un marchand de vin ; on s'arrêta , sous prétexte de faire rafraîchir les

porteurs , et le comte sortit vite de la chaise.

· Voilà quelle était la dame à laquelle Julien donna son manteau. Si le lecteur est curieux de connaître la suite de son histoire, il peut la voir dans le volume suivant.

FIN DU PREMIER VOLUME.

# TABLE

## DES CHAPITRES.

# LIVRE SECOND.

*Le mal fait des progrès; premières passions, première faute. Espace de six ans.*

# LIVRE TROISIÈME.

## *Six semaines. Quelle suite peut avoir une seule démarche imprudente.*

## LIVRE QUATRIÈME.

*Premiers actes de prudence et de repentir ; mais il faut de longs efforts pour réparer une faute qu'un seul instant a fait commettre. Trois mois.*

www.ingramcontent.com/pod-product-compliance
Lightning Source LLC
Chambersburg PA
CBHW070845030726
47504CB00005B/1227